Wie man seine extrem stressigen Eltern chillt

Bibliografische Information der Deutschen Nationalbibliothek
Die Deutsche Nationalbibliothek verzeichnet diese Publikation
in der Deutschen Nationalbibliografie;
detaillierte bibliografische Daten sind im Internet über
http://dnb.d-nb.de abrufbar.

MIX
Papier aus verantwortungsvollen Quellen
FSC® C014496
FSC www.fsc.org

Titel der Originalausgabe: How to Fool Your Parents
Die Originalausgabe ist 2017 im Verlag Award Publications Limited,
Großbritannien, erschienen.

Text: Pete Johnson
Übersetzung: Christine Spindler
Covergestaltung und Innenvignetten: Alexander von Knorre
Satz: Angelika Schön

ISBN 978-3-8458-1905-1

www.arsedition.de

PETE JOHNSON

Wie man seine extrem stressigen Eltern chillt

Aus dem Englischen von
Christine Spindler

arsEdition

Inhalt

Ein Powernap

Dienstag, 25. Februar
16.30 Uhr

Ich möchte ein umfassendes Geständnis ablegen.

Ich, Luis – mit vollem Namen *Luis, die Lachnummer* –, habe heute um etwa 15.45 Uhr gesagt: »Sir, es tut mir unglaublich leid und ich möchte mich auf der Stelle freiwillig für ein zusätzliches Nachsitzen melden.«

Ob ich mich schäme? Und wie! Aber ich hatte keine andere Wahl. Weißt du, ich bin in einer unglaublich verzweifelten Lage. Ernsthaft. Und so fing alles an:

Es geschah während der letzten Stunde, in Physik. Gähn! Bei Mr Duncan – auch Dunky genannt –, Doppel-gähn!

Ich wurde immer schläfriger. Aber ich wollte wirklich nur für einen kurzen Moment die Augen schließen. Unglücklicherweise sank mir dabei der Kopf auf die Brust.

Der Fachbegriff für das, was als Nächstes passiert ist, lautet »Powernap«. Und wenn Dunky mich in Ruhe gelassen hätte, wäre ich erfrischt und aufnahmebereit kurz darauf wieder aufgewacht. Stattdessen zischte er mir ins Ohr: »In meinem Unterricht wird nicht geschlafen.«

»Wenn Sie etwas leiser wären, ginge das bestens«, wollte ich am liebsten erwidern. Aber ich wusste, dass jetzt Taktgefühl gefragt war. Also versuchte ich ihm zu erklären, dass ich nur einen winzigen Powernap gemacht hatte. Und der ist zurzeit wirklich total angesagt.

Aber er hörte mir überhaupt nicht zu. Stattdessen triefte er vor Sarkasmus, als er krächzte: »Wie schön, dass du beschlossen hast, dich uns wieder anzuschließen. Deine Beiträge zum Unterricht sind so lebendig.« An dieser Stelle mussten alle lachen (ich sage in seinem Unterricht nie ein Sterbenswort). »Wir unterhalten uns am Ende der Stunde über deinen Schlafrhythmus.«

Später, als alle anderen abhauen durften, ging ich tapfer lächelnd zu Dunky. Er erhob sich von seinem Stuhl. Dunky ist sehr groß und unglaublich dünn, mit einem langen, zerknitterten Gesicht, einem absolut schimmeligen grauen Bart und den winzigsten Augen, die du je gesehen hast – wie zwei kleine Rosinen, die dich anglotzen.

Du musst wissen, dass ich mich mit Dunky unbedingt gutstellen musste, da ich ihn um einen riesigen Gefallen bitten wollte. Und wenn du das für eine hoffnungslose Mission hältst, dann triffst du damit den Nagel auf den Kopf. Aber ich musste das Unmögliche einfach schaffen.

Deshalb habe ich, als er mich für morgen zu doppeltem Nachsitzen verdonnert hat, hervorgesprudelt: »Vielen Dank, Mr Duncan, das habe ich absolut verdient.« Und dann sprach ich den oben erwähnten Satz, den ich jetzt unmöglich wiederholen kann.

Rate mal, was Dunky zu meinem großartigen Angebot gesagt hat: nichts! Er deutete nur mit seiner knorrigen Hand auf den Schreibtisch.

Und seitdem sitze ich hier und fülle Seite um Seite mit einer Strafarbeit. Ohne Unterbrechung, bis eben, als er kurz nach draußen getrottet ist.

ACHTUNG. Er kommt zurück.

Mehr in Kürze.

16.50 Uhr

Stolz zeigte ich Dunky, was ich geschrieben hatte. »Fünfeinhalb Seiten«, sagte ich. »Es hat mir überhaupt keine Umstände gemacht. Ich bin einfach froh, hier bei Ihnen zu sein.« Er würdigte mein Heft kaum eines Blickes. Ja, ich weiß, das war ziemlich unhöflich von ihm, aber ich kannte den Grund. Er nahm es mir immer noch übel, dass ich in seiner Stunde eingenickt war. Das konnte ich nachvollziehen. Genau so fühlt es sich an, wenn man sein Publikum nicht im Griff hat.

Also sagte ich: »Mr Duncan, ich möchte Ihnen versichern, dass Ihr Unterricht keinen Deut langweiliger war als sonst. Ich meine, er war kein bisschen langweilig«, fügte ich hastig hinzu. »Eigentlich war er faszinierend, vor allem ...« Ich versuchte, mich an irgendetwas zu erinnern, das er gesagt hatte, doch mir fiel nichts ein, darum stammelte ich: »Es gab so viele Highlights, dass ich mich für keins entscheiden kann.« Dann lächelte ich ihn gewinnend an.

Er zuckte nicht mit der Wimper. Der Blick, mit dem er mich

musterte, ist bestenfalls als völlig seelenlos zu bezeichnen. Und doch musste ich diesen knochentrockenen Kerl von einem Lehrer, der in seinem verblichenen grauen Anzug durch die Schule spukte wie ein finsterer Geist, irgendwie auf meine Seite bekommen.

Aber wie?

Es schien, als bliebe mir keine andere Wahl. Ich musste ihn ins Vertrauen ziehen.

Ich fragte ihn: »Sir, möchten Sie den wahren Grund wissen, wieso ich während Ihres Unterrichts eingeschlafen bin?«

Sah ich in seinen Zwergenaugen eine winzige Flamme des Interesses aufflackern? Jedenfalls nickte er, und zwar extrem langsam, wie ein Spielzeug, das schon lange nicht mehr aufgezogen worden war.

»Wie Sie vielleicht wissen, Sir, habe ich mir vorgenommen, Comedian zu werden. Und Sie haben eventuell mitbekommen, dass ich kürzlich im Satellitenfernsehen in der Show meiner Freundin Poppy einen dreiminütigen Auftritt hatte und Witze erzählt habe. Unter Umständen haben Sie mich sogar gesehen«, fügte ich hoffnungsvoll hinzu.

»Nein«, blaffte er mich an.

»Nun, das macht nichts. Wie auch immer, danach wurde ich in einen Vlog eingeladen. Wissen Sie, worum es sich dabei handelt?«

»Nein«, blaffte er erneut.

»Machen Sie sich nichts draus. Ich bin sicher, dass viele Menschen in reiferem Alter davon keine Ahnung haben. Es handelt sich um Videos, die von Teenagern gedreht und ins Internet gestellt werden.« Ich bezweifelte, dass Dunky überhaupt wusste, was das Internet war.

»Der angesagteste Vlog ist derzeit der von Noah und Lily. Sie haben fast zwei Millionen Follower. Stellen Sie sich das mal vor.« Ich hielt kurz inne, damit Dunky Gelegenheit bekam, genau das zu tun. »Sie können sich also denken, wie aufgeregt ich war, als ich von den beiden eingeladen wurde.«

Aber ich hatte das Gefühl, dass Dunkys Aufmerksamkeitsspanne bereits erschöpft war, also sprach ich hastig weiter. »Ich wurde also eingeladen, um Kids bei ihren Problemen zu helfen, und sollte dabei witzig sein. Und stellen Sie sich vor, mein Video war ein so großer Hit, dass sie mich für nächsten Sonntag wieder eingeladen haben. Vor Freude konnte ich letzte Nacht kaum schlafen, weswegen ich während Ihrer Stunde einen Powernap einlegen musste.«

Das war eine Lüge, denn in Wirklichkeit hatte ich letzte Nacht tief und fest geschlafen, obwohl ich wegen Sonntag wahnsinnig aufgeregt bin. Aber so bin ich nun mal. Ich versuche immer, gute Laune zu verbreiten und andere aufzumuntern. »Mein kleines Schläfchen hatte also rein gar nichts mit Ihnen zu tun, Sir«, sagte ich. »Ich wette, das hat Sie gefreut. Und ich wäre Ihnen dankbar, wenn Sie mir im Gegenzug einen Gefallen tun könnten.«

Dunkys Augenbrauen schnellten fast bis zur Decke.

»Sie wissen ja, dass heute Elternabend ist, und meine Mum und mein Dad werden vorbeikommen, um Ihre weisen Worte zu vernehmen. Natürlich können Sie ganz frei über alles sprechen, was Sie wollen. Nur wäre ich unglaublich glücklich, wenn Sie mein ganz kurzes Nickerchen während des Unterrichts nicht erwähnen würden, weil solche Nachrichten bei Eltern entsetzliche Dinge auslösen können, vor allem, wenn sie so leicht zu beeindrucken sind wie meine. Wer weiß, was ihnen einfällt. Womöglich verbieten sie mir, am Sonntag in Noahs und Lilys YouTube-Kanal zu erscheinen.«

Selbst so eine Schnarchnase wie Dunky kapierte sicher, was für eine außergewöhnliche und großartige Chance es für mich war, wieder in dem Vlog zu erscheinen.

»Im Gegenzug werde ich so oft nachsitzen, wie Sie wollen, und darüber hinaus nach der Schule am Pausenhof Abfälle aufsammeln.« Lehrer lieben es, wenn man das tut, nicht wahr? »Sie können alles von mir verlangen. Ich weiß, dass ich in Ihrer Schuld stehe.« Diesen letzten Satz hatte ich aus einem Film, und er gefiel mir so gut, dass ich ihn sehr langsam wiederholte. »Ich ... stehe ... in ... Ihrer ... Schuld, Mr Duncan.«

Langsam und ungelenk stand Dunky auf. (Er hat die Grazie einer lebensgroßen Puppe.)

»Mit dem größten Vergnügen würde ich Ihnen jetzt Ihre Tasche zum Wagen tragen.« Ich setzte noch eins drauf, weil ich immer verzweifelter wurde. Ich hatte das schreckliche Gefühl, dass ich Dunky nicht überzeugt hatte.

Aber dann schenkte er mir tatsächlich ein kleines Lächeln und flüsterte (er hebt niemals die Stimme): »Ich freue mich darauf, heute Abend deine Eltern kennenzulernen.«

»Auch für die beiden wird es ein toller Abend werden.« Ich grinste.

»Ich habe ihnen so viel zu erzählen«, sagte Dunky ernst.

Dann ging er ohne ein weiteres Wort.

Ich bin nicht ganz sicher, was er gemeint hat.

Aber ich würde sagen, dass es schlecht aussieht, oder?

Sehr schlecht.

Ich halte meine Eltern bei Laune

17.10 Uhr

Was soll ich jetzt tun?

Mum und Dad erzählen, dass der Elternabend verschoben wurde.

Leider sind meine Eltern – und besonders meine Mum – äußerst misstrauisch. Es ist schockierend, aber sie würden mir nicht einfach glauben. Sie würden Gründe für die Terminänderung erfahren wollen, und mir fällt kein einziger ein.

Behaupten, dass Dunky heute als Bugs Bunny verkleidet war.

Die Schule versucht, die Tatsache zu verschweigen, dass er seit Neuestem nicht mehr alle Tassen im Schrank hat. Darum kann es sein, dass er heute Abend die verrücktesten Behauptungen aufstellt. Tut so, als ob ihr ihm zustimmt, aber glaubt ihm kein Wort.

Mich bei zugezogenen Vorhängen zitternd ins Bett legen und erbarmungswürdig stöhnen.

Ich kann mich unheimlich gut krank stellen. Leider habe ich das schon so oft durchgezogen, dass ich bezweifle, meine Eltern selbst mit meinen wirklich großartigen Schauspielkünsten überzeugen zu können. Und überhaupt könnten sie trotzdem ohne mich hingehen.

Zuerst meine Seite der Geschichte erzählen.

Ich erkläre fröhlich lachend, dass ich während Dunkys Unterricht nur ganz kurz mal eingenickt bin. Ich rede ihnen ein, dass Dunky bestimmt versuchen wird, es so darzustellen, als hätte ich mich wochenlang in einem Schlafsack verkrochen. Normalerweise hätte ich diese Möglichkeit nicht für eine Sekunde in Betracht gezogen.

Aber meine Eltern haben sich in letzter Zeit verändert – und zwar zum Besseren.

Alles begann, als Dad zu einem Vorstellungsgespräch eingeladen wurde (er war vorher monatelang arbeitslos gewesen). Viele Abende lang bereiteten er und Mum sich darauf vor. Jedenfalls ging Dad zu dem Vorstellungsgespräch und bekam den Job.

Seitdem waren er und Mum mit den Gedanken nur bei seinem ersten Arbeitstag (und der war heute). Dabei haben Mum und Dad ihre sämtlichen schlechten Gewohnheiten aufgegeben.

Nicht ein einziges Mal haben sie sich nach meinen Hausaufgaben erkundigt oder gefragt, wie es in der Schule läuft. Sie haben noch nicht einmal den heutigen Elternabend erwähnt.

Eigentlich haben sie fast überhaupt nicht mit mir gesprochen. Ja, sie haben sich wirklich zu vollkommenen Eltern gemausert. Und dabei waren sie die ganze Zeit unfassbar gut drauf.

Könnte ich es also riskieren, ihnen beiläufig von meinem kleinen Nickerchen zu erzählen? Werden sie so sehr mit Dads erstem Arbeitstag beschäftigt sein, dass sie mir gar nicht richtig zuhören?

Oder werde ich damit einen Rückfall auslösen?

Nur eine Person kann mir sagen, was ich jetzt tun soll: Maddy.

Maddy ist meine Agentin und Freundin – allerdings habe ich sie seit drei Wochen und drei Tagen nicht mehr gesehen. Wir haben uns nicht getrennt. Es ist noch viel schlimmer. Nein, das ist es nicht. Nichts könnte schlimmer sein als eine Trennung. Aber es ist schon ziemlich schlimm.

Ihre Familie ist in die USA gezogen. Nach Kalifornien, um genau zu sein. Burlingate in Kalifornien, um noch genauer zu sein.

Ich tue so, als wäre es irre cool, eine Freundin/Agentin zu haben, die in der Nähe von Hollywood lebt. Maddy hat sich sogar protzige Visitenkarten drucken lassen, die ich großzügig verteile.

Aber in Wirklichkeit hasse ich es, dass sie so weit weg ist, und ich würde alles dafür geben, dass sie wieder nur drei Straßen entfernt wohnt. Vor allem, weil es in Maddyland wegen der Zeitverschiebung acht Stunden früher ist.

In diesem Moment ist Maddy gerade erst in der Schule angekommen. Und wenn sie wieder zu Hause ist, ist es hier später Abend, und meine Eltern haben mir mein Telefon weggenommen. Erst morgen früh bekomme ich es wieder.

Wir haben keine Chance, unsere Beziehung aufrechtzuerhalten!

Bis auf eine: Maddys Eltern haben einen so gut wie rechtswirksamen Vertrag unterzeichnet, in dem sie versprechen, dass Maddy in jedem Urlaub nach Hause kommen darf.

Und wenn ich eine Nachricht hinterlasse, dass Maddy mich zurückrufen soll, tut sie es immer – so schnell sie kann.

Du wirst schon sehen ...

17.40 Uhr

Na, was habe ich gesagt?

Maddy hat mich gerade angerufen – vom Mädchenklo aus.

Sie fragte: »Luis, ist es ungewöhnlich, dass deine Mum und dein Dad diesen Elternabend überhaupt nicht erwähnt haben?«

»Äußerst ungewöhnlich.«

»Könnte es sein, dass sie ihn total vergessen haben?«

Mein Herz tat einen Hüpfer. »Hey, wäre das nicht super?«

»Warum schlägst du ihnen nicht vor«, fuhr Maddy fort, »dass ihr heute Abend zusammen essen geht, um den neuen Job deines Vaters zu feiern?«

»Tolle Idee. Ein Ablenkungsmanöver. Aber was, wenn es ihnen doch wieder einfällt? Soll ich ihnen dann, bevor sie Dunky treffen, gestehen, dass ich ein paar Sekunden lang eingenickt war?«

»Nein. Schließlich könnte es sein, dass Dunky es ihnen nicht sagt. Das kannst du nicht wissen. Viel besser wäre es, wenn du deine Mum und deinen Dad die ganze Zeit zum Lachen bringst. Dann kann kein Lehrer – nicht einmal Dunky – ihnen die Laune verderben. Es wird nicht leicht werden.«

»Bestimmt nicht.«

Dann hörte ich amerikanische Stimmen im Hintergrund und Maddy konnte nur noch hinzufügen: »Nur sehr wenige Leute würden das hinbekommen, Luis. Aber du schaffst es.«

18.15 Uhr

Dad ist zu Hause und freut sich einen Ast. Er hat ein eigenes Büro, obwohl er dort nur in Teilzeit arbeitet.

»He, Dad, du bist wieder da!«, rief ich.

Unvermittelt hielt Dad mir die Handfläche hin und wir klatschten uns ab.

»Weißt du was, wir sollten ausgehen und heute Abend deinen neuen Job feiern«, fuhr ich fort.

»Nun, es gibt da dieses neue Restaurant, über das ich viel Gutes gehört habe.« Dad hielt inne. »Aber Elliot übernachtet bei einem Freund.« (Elliot, der Zwerg, ist mein Bruder.)

»Umso besser«, erwiderte ich, »dann müssen wir nicht mitansehen, wie er das Essen in sich hineinschaufelt. Ruf das Restaurant am besten gleich an, bevor alle Tische reserviert sind«, drängte ich ihn.

Dad wählte tatsächlich die Nummer des Restaurants, als Mum erschien. Er strahlte sie an. »Ich habe mir überlegt, dass wir zur Feier des Tages essen gehen.«

»Großartig ... Aber ist an Luis' Schule heute nicht Elternabend?« Sie sah mich fragend an.

Ich zuckte möglichst vage die Schultern. »Bin mir nicht sicher ... könnte sein ... Ich glaube nicht.«

»Doch, der ist heute«, beharrte Mum.

Dad hörte auf zu wählen, dann schüttelte er sich wie jemand, der gerade aufwacht. »Oh, das hatte ich doch glatt vergessen.«

»Ich auch, für einen Augenblick«, gab Mum zu.

»Dann vergesst es am besten gleich wieder«, rief ich. »Das ist doch nur ein Stimmungskiller. Und ihr habt euch einen erholsamen Abend echt verdient.«

Stell dir vor, Dad zögerte tatsächlich. Er sah Mum an. »Was meinst du, könnten wir diesen Elternabend ausnahmsweise schwänzen? Eher nicht, oder?«

Sie schüttelte den Kopf, wirkte dabei aber ein wenig traurig.

»Schaut«, rief ich, »ich kann euch in einem Satz sagen, was alle meine Lehrer über mich sagen werden: *Luis ist ein echter Hohlkopf.* Bitte, jetzt wisst ihr es. Also, Dad, ruf an, ich verhungere sonst.«

Plötzlich sah Mum mir direkt in die Augen. »Du bist sehr daran interessiert, dass wir nicht hingehen.«

»Ja, aber nur, weil ich dabei an euch denke. Ich möchte nicht, dass ihr heute Abend in kleinen, engen Klassenzimmern, die nach abgestandenen Fürzen stinken, auf den härtesten Stühlen der Welt sitzt.«

»Ach, Luis, so schlimm sind eure Klassenzimmer doch überhaupt nicht«, unterbrach mich Mum lachend. »Und wer weiß, vielleicht überraschen deine Lehrer dich.«

»Wir können ein andermal ausgehen, ganz bestimmt«, versprach Dad.

Er und Mum gingen grinsend in die Küche. Sie waren beide noch richtig chillig drauf.

Irgendwie muss ich sie bei Laune halten.

19.15 Uhr

Die nach Bohnerwachs riechenden Schulgänge quollen über

vor Eltern und ihren unglücklichen Sprösslingen. Der erste Name auf unserer Liste war meine Klassenlehrerin Mrs Hare.

»Ich möchte euch nur warnen«, zischte ich. »Starrt nicht zu lange auf Mrs Hares üppigen Schnurrbart. Obwohl sie damit Preise gewinnen könnte.«

Dad unterdrückte ein Lachen. Ich hatte ihn und Mum den ganzen Weg hierher zum Kichern gebracht.

Mrs Hare hatte in ihrem Verschlag alle Fenster geöffnet, darum war es, als würde man einen Gefrierschrank betreten. Sie saß vor der Tafel, ihr Schnurrbart wehte sanft im Wind. Sie war eine kleine, pummelige Frau und trug eine Halskette, die man auch als Flaschenöffner benutzen konnte. Sie strengte sich mächtig an, über jeden etwas Nettes zu sagen – ja, sogar über mich.

»Tja, nun ... Luis«, begann sie. »Er ist ... er ist ...« Sie mühte sich wirklich redlich ab, etwas Gutes zu finden, das sie über mich sagen konnte. »Er ist ...«, quietschte sie verzweifelt.

»Ein absolutes Genie«, soufflierte ich.

Mrs Hare lachte nervös. »Du bist auf jeden Fall ein *Original.*« Sie wandte sich an meine Eltern. »Leider quatscht Luis etwas zu viel.«

ÜBERSETZUNG: Ich rede ohne Unterlass.

»Und manche Fächer liegen ihm nicht.«

ÜBERSETZUNG: Ich bin in jedem Fach der Schlechteste.

»Bei den Hausaufgaben gibt es Unregelmäßigkeiten.«

ÜBERSETZUNG: Ich mache keine Hausaufgaben.

»Ich würde mir von Luis wünschen«, fuhr sie fort, »dass er an seinen Talenten arbeitet, die sich herauskristallisieren.«

»Oh, und welche wären das?«, fragte Mum interessiert. Sie und Dad beugten sich vor.

»Das wären ...« Mrs Hare dachte angestrengt nach. »Nun, bislang haben sie sich nicht gezeigt – aber das werden sie bestimmt, sobald Luis beim Lernen mehr Verantwortung übernimmt.«

ÜBERSETZUNG: Falls Luis tatsächlich mal etwas lernt.

Als Nächstes rasselte sie etwas über Lernziele und Teilziele herunter, das vermutlich selbst Mum nicht verstand. Dann war unsere Zeit um.

»Was für ein Glück, dass sich bei mir Talente herauskristallisieren«, sagte ich hinterher, »auch wenn niemand eine Ahnung hat, worin sie bestehen.«

Dad gluckste leise.

Wir hatten erst eine Lehrerin getroffen, und zwar die netteste! Doch schon jetzt wirkten meine Eltern ein wenig geknickt und zogen lange Gesichter. Wie in aller Welt sollte das erst werden, nachdem sie den nächsten auf unserer Liste gesprochen hatten?

Dunky.

Ich sagte: »Wir können uns jetzt entweder mit einem Mann treffen, der ein Gesicht wie eine schrumpelige Kartoffel hat und bald seinen hundertsten Geburtstag feiert, oder eine erfrischende Tasse Kaffee trinken gehen, die obendrein gratis ist ... Da muss man nicht lange nachdenken, oder?«

»Bringen wir es hinter uns«, sagte Mum entschlossen.

Doch selbst sie zögerte, als sie in Dunkys Klassenzimmer spähte. Es lag in völliger Dunkelheit, abgesehen vom Schein einer schwachen Lampe. Man konnte gerade noch erkennen, dass Dunky reglos an seinem Schreibtisch saß.

»Meint ihr, wir sollten uns alle an den Händen fassen, bevor wir hineingehen?«, flüsterte ich.

Dad lachte so laut auf, dass Mum ihn ermahnen musste, aber selbst ihre Schultern begannen zu beben. Ich hatte ihre Laune wieder gehoben, zumindest für den Augenblick.

Mum klopfte an die Tür und sagte leise: »Jetzt reißt euch mal zusammen und benehmt euch.«

»Und hütet euch vor den Fledermäusen«, flüsterte ich.

Dad kicherte wieder.

Dunky trug seinen besten dunklen Anzug und sah aus, als würde er für die Rolle des Graf Dracula vorsprechen. Er begrüßte Mum und Dad mit mottenzerfressener Höflichkeit. Dann starrte er in meine Richtung, als wäre ich eine stinkende Wolke, die mit ihnen hereingeweht war.

Wir hätten ein fantastisches Essen genießen können. Stattdessen waren wir in einer stickigen Folterkammer mit Dunky gefangen. Er sprach ein wenig über den Lehrplan, dann machte er schmatzende Geräusche. »Ich muss Ihnen mitteilen, dass ich mir Sorgen um Luis' Fortschritte mache. Besonders nach dem beunruhigenden Vorfall von heute Nachmittag.«

Jetzt war es so weit. Jetzt würde Dunky meine Eltern wieder in gestresste Nervensägen verwandeln, die mich ständig kontrollieren. Eltern, die so besorgt sind, dass ihnen alles zuzutrauen ist. Eltern, die mir sogar verbieten könnten, am Sonntag in einem angesagten Vlog aufzutreten. Und es gab nichts, was ich dagegen tun konnte.

Zum zweiten Mal an diesem Tag schloss ich in Dunkys Klassenzimmer die Augen.

Und in dem Moment passierte es.

Von einer Füllung gerettet

Es kam aus dem Nichts.

Ich kaute einen Bonbon, um meine Nerven zu beruhigen. Die Süßigkeit verschwand im Nu in meinem gierigen Rachen, aber etwas anderes nahm augenblicklich seinen Platz ein. Etwas, das sich wie ein gigantischer Stein anfühlte.

Obendrein war es extrem unbequem.

Und plötzlich sickerte Blut aus meinem Mund. Da war es nicht verwunderlich, dass ich einen erstickten Schrei ausstieß. Tatsächlich winselte ich wie ein verstörter Jack Russell Terrier. Purer Zufall, dass das gerade in dem Moment passierte, als Dunky im Begriff war, meinen Ruf zu beschmutzen.

»Stimmt etwas nicht, Luis?«, fragte meine Mum. Ich fand, sie klang äußerst scharf.

»Äh, nein ... Es ist nur so, dass mein Mund kräftig zu bluten scheint, sonst nichts«, sagte ich. »Hat jemand ein Taschentuch dabei, mit dem ich das ganze Blut aufsaugen kann?«

Dad sprang auf, um seine Taschen nach einem Taschentuch abzusuchen, doch Mum kam ihm zuvor.

Ich nahm es gerade, als etwas aus meinem Mund glitt. Und es war überhaupt kein riesiger Stein. Ich spähte darauf. »Ich glaube, eine meiner Füllungen hat sich aus dem Staub gemacht«, sagte ich. »Aber das geht schon. Ihr braucht für mich keinen Krankenwagen oder so zu rufen. Wenn ich einfach ruhig dasitze, wird die Blutung bestimmt von allein aufhören – früher oder später.«

Mum und Dad setzten sich wieder hin. Und Mum entschuldigte sich sogar bei Dunky. Frag mich nicht, wofür.

Dann sagte Dunky hörbar verärgert: »Wenn ich jetzt vielleicht fortfahren dürfte.«

»Ja, bitte machen Sie nur weiter«, sagte ich tapfer. »Kümmert euch bitte alle nicht um meine Gesundheit.«

»Was ich gerade sagen wollte –«, begann er.

Aber ich war entschlossen, ihn kein Wort mehr sagen zu lassen. Also stieß ich einen weiteren, noch lauteren Schrei aus. »Ich entschuldige mich dafür«, stöhnte ich, »aber ich leide Höllenqualen, weil ich literweise Blut schlucke und mich unglaublich schwach fühle. Ich glaube sogar, dass ich ohnmächtig werden könnte.«

Mum und Dad sprangen wieder auf.

»Alles ist ganz verschwommen«, murmelte ich.

Mum kam zu mir und nahm für einen Moment meine Hand. »Du bist ziemlich heiß geworden«, sagte sie.

Was für ein Glück. »Ich fühle mich auch sehr heiß«, keuchte ich. »Aber fahrt bitte fort – der Schmerz ist auszuhalten.«

Mum und Dad setzten sich schließlich wieder. Inzwischen

linsten bereits Dunkys nächstes Opfer und seine Familie durch das Glas.

»Autsch, autsch!«, rief ich, und dann fügte ich hinzu: »Tut mir leid, ich werde versuchen, lautlos zu leiden.«

Dunky zischte überaus verärgert: »Ich fürchte, wir müssen es fürs Erste dabei belassen.«

Ich wäre am liebsten jubelnd im Zimmer herumgehüpft. Doch stattdessen wankte ich langsam hinaus, während ich meinen schmerzverzerrten Kiefer umklammerte. Die draußen wartende Familie starrte mich entsetzt an. »Passt auf, dass ihr Mr Duncan nicht wütend macht, dann ist alles in Ordnung«, flüsterte ich.

Ich durfte mich aufs Klo verziehen. Eigentlich hatte die Blutung schon aufgehört, aber ich blieb eine halbe Ewigkeit dort. Schließlich kam ich herausgewankt und keuchte: »Ich bin sicher, dass der Schmerz bald nachlassen wird.«

Wir verpassten meinen nächsten Termin und fast die Hälfte des folgenden und meine Eltern waren für den Rest des Abends abgelenkt.

Erst später, als wir zu Hause waren, erkundigte sich Mum: »Ich frage mich, was für eine beunruhigende Sache das war, über die Mr Duncan mit uns sprechen wollte.«

»Na gut, Mum, ich werde es dir verraten«, sagte ich. »Er findet, dass ich zu laut atme.«

»Was!«, riefen Mum und Dad gleichzeitig aus.

»Oder etwas in der Art. Wo wir gerade von Monstern sprechen, welches Spiel spielen Monster am liebsten? *Eins, zwei, drei, vier Eckstein, alles muss erschreckt sein.*«

»Das ist ein furchtbar schlechter Witz«, fand Mum.

»Der hier ist noch schlechter: Was macht Dracula, um sich zu entspannen? *Er nimmt ein Blutbad.*«

»Genug«, lachte Dad. Und dann erzählte er uns wieder von seinem neuen Büro, und Mum wirkte entzückt, dass er wieder so glücklich war.

Und stell dir vor, keiner verlor mehr ein Wort über diesen Elternabend.

21.02 Uhr

Ich habe Maddy die gute Nachricht überbracht und sie hat sich gerade mit einer Nachricht gemeldet:

Das Schicksal ist dir wirklich wohlgesinnt, und ich weiß auch, warum. Bald werden in deinem Leben große Dinge geschehen.

Ich habe sofort zurückgeschrieben:

Wenn das Schicksal mich wirklich glücklich machen wollte, würde es dich nach Hause holen.

Trotzdem denke ich, dass Maddy recht haben könnte. In meinem Leben werden wirklich bald große Dinge geschehen. Und alles wird damit beginnen, dass ich am Sonntag wieder in Noahs und Lilys Vlog erscheine.

Aber meine Eltern sind noch nicht völlig außer Gefahr.

Es ist kaum zu glauben, aber morgen findet schon wieder ein Elternabend statt, diesmal an Elliots Schule. Noch unglaublicher ist, dass Elliot in der Schule schlechter ist als ich.

Also gilt es, Mum und Dad weiterhin gut im Auge zu behalten. Wie gut, dass ich bereits einen Plan geschmiedet habe.

Der perfekte Sohn

Mittwoch, 26. Februar

8.18 Uhr

Mum und Dad sind allein zu Elliots Elternabend eingeladen, darum muss ich mich um den verrückten Zwerg kümmern, während sie weg sind. Normalerweise würde mir bei dieser Aussicht das Frühstück wieder hochkommen, aber heute Abend brauche ich die Hilfe meines kleinen Bruders. Also sagte ich nur geschmeidig: »Kein Problem, Mum.«

Daraufhin tat sie sofort so, als würde der Schock sie umhauen. Sie sollte die Witze besser mir überlassen.

18.25 Uhr

Mum und Dad waren kaum aus dem Haus, da verkündete ich: »Also gut, Elliot, wir haben viel zu tun.«

»Was denn?«, fragte er sofort.

»Tja, aufräumen ...«

»Ich räume bestimmt nicht auf.«

»Und ob du das tust. Und ich verrate dir auch, warum. Was glaubst du, was für eine Laune Mum und Dad haben werden, wenn sie wiederkommen?«

Elliot zuckte die Achseln. »Keine Ahnung.«

»Rate einfach wild drauflos.«

»Eine ganz miese«, sagte er schließlich. Dann schimpfte er: »Ich finde, dass Elternabende verboten werden sollten.«

»Da stimme ich dir vollkommen zu. Was in der Schule passiert, sollte in der Schule bleiben. Aber in genau diesem Moment bekommen unsere Eltern zu hören, was für ein absoluter Nichtsnutz du bist, also müssen wir ihnen vormachen, du wärst keiner. Das erreichen wir, indem wir das ganze Haus putzen. Und wenn sie heimkommen, werden wir sie mit Kaffeeduft empfangen. Außerdem ...« Ich betrachtete ihn eingehend. »Irgendwie musst du es schaffen, abartig goldig zu sein. Ich schlage vor, dass du deinen Schlafanzug anziehst, auf sie zuläufst und rufst: ›Ich bin doch nicht zu alt für eine Umarmung, oder?‹«

»*Das* muss ich sagen?«, stöhnte Elliot.

»Und danach musst du sie mit großen, schlabberigen Küssen bedecken.«

Elliot stieß einen tiefen Seufzer aus. »Manchmal hasse ich mein Leben.«

20.25 Uhr

Mum und Dad kamen nach Hause gewankt.

»Hallo, Jungs«, sagte Mum mit erstickter Stimme, bevor sie zum Sofa torkelte und darauf zusammenbrach.

Dad strich sich sogar eine Schweißperle aus der Stirn, bevor er neben sie plumpste. »Luis, wir dachten, dein Elternabend sei schlimm gewesen – zumindest das, was wir davon mitbekommen haben –, aber heute Abend ...« Seine vor Angst zitternde Stimme brach ihm weg.

»Jetzt habt ihr es ja überstanden«, murmelte ich beruhigend. »Nehmt ein paar tiefe Atemzüge, dann wird es euch gleich besser gehen.«

Aber ich war wütend, dass ihnen so eine Qual zugemutet worden war. Wenn Lehrer sich doch einmal bewusst machen würden, welchen Schaden sie mit ihren Worten anrichteten! Wir Schüler haben gelernt, das auszuhalten. Aber Eltern sind emotional viel verletzlicher.

Er war höchste Zeit, meinen Plan umzusetzen.

Also verkündete ich lautstark: »Da oben ist jemand, der unbedingt aufbleiben und euch sehen wollte.«

Elliot, der auf mein Signal gewartet hatte, stürmte die Treppe herunter. »Willkommen zu Hause«, schrie er aufgeregt, als wären sie zwei Jahre und nicht zwei Stunden weg gewesen. »Ich bin doch nicht zu alt für eine Umarmung, oder?«

»Natürlich nicht, Schatz«, erwiderte Mum. »Aber wieso? Stimmt etwas nicht?«

»Ja«, flüsterte Elliot.

»Sag es uns«, drängte Mum.

»Ich habe euch so vermisst, weil ihr heute Abend nicht hier wart, das ist alles. Es fühlte sich einfach nicht wie ein Zuhause an – nur wie ein großer, leerer Raum«, wisperte Elliot, umarmte die beiden stürmisch und ließ sich zu ein paar schlabberigen Küssen hinreißen, genau wie ich ihn angewiesen hatte.

Ich beobachtete den Zwerg mit unverhohlenem Stolz – ich

hatte ihn gut vorbereitet –, bis Mum hustete. »Was zum Teufel ist das für ein Geruch?«

»Elliot stinkt ein wenig«, begann ich entschuldigend.

»Nein, im Haus«, sagte Mum.

»Ich kann es auch riechen«, bestätigte Dad.

Ich strahlte beide an. »Wir haben ein bisschen geputzt und aufgeräumt.«

Eigentlich haben Elliot und ich so lange darüber gestritten, wer was putzen sollte, dass wir überhaupt nicht dazu gekommen waren, tatsächlich etwas zu tun. Aber wir haben mit großer Hingabe jede Menge Zeug versprüht, damit das Haus richtig sauber roch.

»Habt ihr auch den Kaffeeduft bemerkt?«, fragte ich. Das war das Stichwort für Elliot, den Kaffee zu holen. Er erschien wieder und hatte nur etwa die Hälfte davon verschüttet, bevor er das Tablett herumreichte und sagte: »Ich hoffe, dass euch das von eurer Qual erlöst.«

»Was er meint«, sprang ich schnell ein, »ist, dass er weiß, was für qualvolle Stunden man an Schulen verbringt.«

»Dieser Kaffee ist wirklich ziemlich gut«, murmelte Dad.

»Nur das Beste für euch beide.« Dann legte ich die Abba-CD mit »Dancing Queen« ein. »Mum, ich erinnere mich, dass du das im Auto gesungen hast, nachdem du *Mamma Mia* gesehen hattest.«

»Und ich erinnere mich daran, wie entsetzlich peinlich dir das war«, sagte Mum.

»Aber ich bin inzwischen viel reifer geworden«, erwiderte ich. »Und jetzt ist mir klar, dass nichts daran verkehrt ist, wenn alte – ältere – Menschen Spaß haben, solange ihnen niemand dabei zusieht. Also trink deinen Kaffee und sing mit.« Dann begab ich mich nach oben. Ein paar Minuten später ging ich zurück ins Wohnzimmer. »Alles klar, Mum, ich habe dir ein Bad einlaufen lassen.«

»Du hast was?« Sie sah erschrocken und erfreut zugleich aus.

»Ich habe das Lavendelbadeöl verwendet, das du so gern magst. Und ich habe ein paar Kerzen angezündet, damit es stimmungsvoller ist. Also, geh nach oben und lass dich gründlich einweichen.«

»Ich habe das Gefühl, in ein Fünf-Sterne-Hotel eingecheckt zu haben«, rief Mum.

»Nenn mich einfach den perfekten Sohn«, erwiderte ich.

20.58 Uhr

Mum hat gebadet und ist jetzt wieder unten. Sie und Dad können wieder lächeln. Sie sagen nichts, husten nur ziemlich viel. Wir haben es wohl mit den frischen Gerüchen übertrieben.

Aber stell dir vor, sie haben Elliots Elternabend mit keinem Wort mehr erwähnt.

Das waren ein paar nervenaufreibende Tage. Wie leicht hätte es passieren können, dass meine Eltern wieder in ihre schlechten alten Gewohnheiten zurückrutschen.

Aber ich würde sagen, dass sie jetzt außer Gefahr sind.

Edgar, der Grässliche

Donnerstag, 27. Februar
17.10 Uhr

Elliot kam gerade in mein Schlafzimmer stolziert. »Luis, ich liebe dich«, sagte er und schlang seine Arme um mich. Dann furzte er absolut ohrenbetäubend. Die reinste Explosion.
»Was ist denn mit deiner Verdauung nicht in Ordnung?«, keuchte ich.

Elliot fiel fast um vor Lachen. Ich hätte ihn umbringen sollen, ließ es aber bleiben, weil ich auch irgendwie grinsen musste.

Natürlich ist ein Furz die niedrigste Form von Humor. Viel besser ist es, die Leute mit einem Witz zum Lachen zu bringen. Beispielsweise mit diesem: Welcher König hatte einen lauten Hintern? *Richard Löwenfurz.*

Ich habe ein Talent dafür (mein einziges übrigens), Menschen zum Lachen zu bringen.

Darum habe ich es unheimlich genossen, im Fernsehen Witze zu erzählen, als meine Freundin Poppy mir einen Gastauftritt in ihrer Weihnachtsshow ermöglicht hat. Und ich bin mir ziemlich sicher, dass ich bald wieder eingeladen werde. Deshalb studiere ich jeden Abend vor dem Spiegel meine Witze ein. Ich lese auch zum wiederholten Mal das lustigste Buch, das ich kenne: *Ohne mich, Jeeves!* von P.G. Wodehouse. Und dieses Mal mache ich mir sogar Notizen. (Da staunst du, was?)

Außerdem blicken von meinen Wänden alle genialen Comedians der Welt auf mich herab. Mein Zimmer ist die reinste Spaß-Höhle.

Freitag, 28. Februar

Meine Eltern bei Laune zu halten, war ein echter Knochenjob. Und obendrein musste ich heute früh zum Zahnarzt, damit die riesige Füllung ersetzt wurde. Darum habe ich beschlossen, mir am Abend eine wohlverdiente Auszeit zu nehmen.

Aber dann sah ich, wie Mum Trübsal blasend in der Küche herumschlich. Später gesellte sich Dad zu ihr, und sie begannen, miteinander zu flüstern. Ich konnte sie nicht hören, aber ich wusste genau, worüber sie sprachen.

Elternabende.

Ich wollte ihnen sagen: »Jetzt kommt endlich darüber hinweg. Denkt an all die Dinge, auf die ihr euch freuen könnt, beispielsweise euren Sohn in einem Vlog zu sehen, der fast zwei Millionen Follower hat.«

Aber stattdessen setzte ich mich zu den beiden Trauerklößen und erzählte ihnen einen Witz nach dem anderen. Nach einer Weile lachte Dad und schließlich deutete sogar Mum ein Lächeln an.

Aber ich kann doch nicht meine ganze Zeit damit verbringen, sie aufzumuntern, oder?

Samstag, 1. März
18.25 Uhr

Maddy hat mich gerade gerügt.

»Als ich ging, hast du mir versprochen, dass du Edgar besuchen würdest.«

»Ich habe es nicht direkt versprochen.«

»Doch, Luis, das hast du.«

Edgar ist einzigartig – einzigartig schrecklich. Ein Dreizehnjähriger, der sich aufführt, als wäre er sechsundachtzig. Er ist zu schlau für die Schule, also hat er einen Privatlehrer. Außerdem ist er Maddys anderer Klient. Er schreibt nämlich Gedichte. Maddy hat es geschafft, einige an die Lokalzeitung zu vermitteln.

»Ich mache mir seinetwegen Sorgen«, sagte Maddy. »Er klingt ein wenig seltsam.«

»Das kommt daher, dass er ein wenig seltsam *ist.*«

»Nein, ich glaube, es kommt daher, dass er nicht allzu glücklich ist.«

»Das ist er nie«, sagte ich.

»Du musst ihn heute besuchen.«

»Aber warum?«, jammerte ich. »Ich habe doch nichts falsch gemacht.«

»Luis, tu es bitte für mich«, sagte Maddy.

Also bin ich jetzt auf dem Weg zu Edgar, dem Grässlichen. Ich hätte nie gedacht, dass ich diesen Satz je schreiben würde.

19.15 Uhr

Als ich an Edgars riesigem Haus ankam, erwartete mich eine Überraschung. Ich stand noch vor der Tür, da wurde sie schon aufgestoßen und eine ältere Dame umarmte mich stürmisch. »Ich weiß genau, wer du bist«, strahlte sie.

Hatte Maddy Edgar geschrieben, dass ich auf dem Weg zu ihm war? Oder hatte die Frau mich vielleicht im Fernsehen in Poppys Show gesehen? Ich hoffte es. Es ist toll, Fans in allen Altersstufen zu haben.

»Ich bin Edgars Oma und kümmere mich um das Haus, während seine Eltern weg sind«, sagte sie, immer noch strahlend wie ein Honigkuchenpferd. »Edgar wird sich unheimlich freuen, dich wiederzusehen.«

Das war mir neu. Er und ich waren nie wirklich gute Freunde gewesen. Überhaupt keine Freunde, um genau zu sein. Und doch hatte er wochenlang auf meinen Besuch gewartet. Er hatte eindeutig einen besseren Geschmack, als ich dachte.

Sie fügte hinzu: »Du hast ja gar nichts mitgebracht.«

Also erwartete sie offensichtlich, dass ich Edgar ein Geschenk mitbrachte. Ein bisschen unverschämt – er ist schließlich keine sechs Jahre mehr.

»Macht ja nichts«, fuhr sie fort und begleitete mich durch einen eleganten Flur. »Edgar möchte dir so viel zeigen.«

Jetzt war ich verwirrt – und sogar ein bisschen besorgt. Was wollte Edgar mir zeigen? Doch nicht etwa seine sämtlichen Gedichte – bitte, alles, nur nicht das!

»Edgar hat angefangen, sich für Steine zu interessieren, als er bei mir gewohnt hat«, fuhr sie fort. »Ich hatte damals ein Haus am Meer.«

»Verstehe«, sagte ich, obwohl ich überhaupt nichts verstand. Ich wusste nur, dass dieses Gespräch zusehends seltsamer wurde.

Sie führte mich ins Wohnzimmer, in dem ein Kaminfeuer knisterte. In einem großen Lehnsessel neben dem Feuer saß Edgar. Er hielt etwas in der Hand, das glänzte und glitzerte.

Einen Stein.

Auf dem Tisch neben Edgar waren noch viel mehr Steine ausgebreitet, wie Ausstellungsstücke in einem Museum.

»Schau mal, wer da ist. Ich habe dir doch gesagt, dass er kommen würde, nicht wahr? Ich lasse euch dann mal in Ruhe plaudern. Fühl dich wie zu Hause, Tim.«

Tim! Wieso nannte sie mich so? Es klingt nicht mal annähernd wie *Luis*.

Edgar blickte auf. Sein Mopp aus lockigen, dunklen Haaren hing ihm tief in die blitzenden, blauen Augen. Den Bruchteil einer Sekunde lang huschte ein Ausdruck von Enttäuschung über sein Gesicht. Dann wandte er sich wieder dem Studium seiner Steine zu. »Du bist nicht Tim«, sagte er, den Blick auf den Tisch geheftet.

»Ich habe mir schon gedacht, dass ich nicht Tim bin. Danke, dass du es bestätigst. Wer ist das überhaupt?«

»Ein Junge, den ich in einem wissenschaftlichen Vortrag getroffen habe. Er sammelt ebenfalls Steine. Als ich Mum von ihm erzählt habe, bestand sie darauf, ihn zum Tee einzuladen. Sie hat ihm Unmengen Textnachrichten geschrieben. Aber ich wusste, dass er nicht auftauchen würde. Und was machst du überhaupt hier? Oh, sag es mir nicht. Maddy hat dich geschickt, um nach mir zu sehen. Warum kapiert eigentlich niemand, dass ich gerne allein bin? Es ist meine Entscheidung. Sag ihr das.«

»Sag es ihr selbst. Also, was treibst du so? Schreibst du immer noch Gedichte?«

»Ja sicher.«

»Zeigst du mir welche?«, fragte ich. Ich legte sogar einen interessierten Blick auf. Mehr kann man von mir nicht verlangen.

»Nein«, fuhr er mich an.

»Was für eine Erleichterung«, meinte ich grinsend. Dann fügte ich hinzu: »Siehst du den Leuten jemals ins Gesicht, wenn du mit ihnen sprichst?«

»Ich habe einmal versucht, den Leuten ins Gesicht zu schauen«, erwiderte Edgar, »aber es gefiel mir nicht.«

Ich lachte, obwohl ich nicht glaubte, dass er es witzig gemeint hatte. »Was gefällt dir an Steinen so sehr?«, fragte ich im Plauderton.

»Das würdest du nicht verstehen.«

»Vielleicht doch, wenn du sehr langsam sprichst.«

Edgar schüttelte auf so schnöde, abweisende Art den Kopf, dass ich ihm am liebsten eine reingehauen hätte.

»Zeit für den Tee, Jungs.« Die lächelnde Oma war zurück. »Kommt, setzt euch und macht es euch gemütlich. Tim, ich hoffe, du magst –«

»Oma, Tim kommt nicht«, unterbrach Edgar sie müde.

»Aber ... aber ...« Sie starrte erst Edgar, dann mich an. »Aber er ist doch hier.«

»Nein, das ist nicht Tim«, sagte Edgar.

Jetzt sah sie mich entrüstet an. »Warum in aller Welt hast du dich dann als er ausgegeben?«

Es gibt Momente, in denen ich extrem nervös bin und anfange, mit australischem Akzent dummes Zeug zu reden. Das habe ich schon seit ewigen Zeiten nicht mehr getan, aber nun brach es plötzlich aus mir heraus. »Na, dann will ich hier mal nicht länger auf Verpflegung warten. Hab daheim noch ein paar Garnelen auf den Grill zu werfen. Tut mir leid, dass dein Freund nicht angehüpft gekommen ist. See you, Känguru.«

Edgar und seine Großmutter starrten mich sprachlos an. Ich glaube nicht, dass der Abend noch schlechter hätte laufen können.

20.03 Uhr

Ich habe Maddy geschrieben, dass Edgar es nicht verdient, irgendwelche Freunde zu haben.

Sie antwortete, dass jeder es verdient, Freunde zu haben.

Zu meinem Verdruss hat sie recht.

Das ist wahrscheinlich der Grund, warum seine Mutter versucht hatte, den Jungen einzuladen, der Steine sammelt.

Ich hoffe, dass der Steinfan eines Tages auftauchen wird.

Und, ja, ich gebe zu, dass selbst Edgar einen Freund braucht.

Aber ich würde niemals derjenige sein.

20.22 Uhr

Morgen ist der wichtigste Termin in meinem Kalender.
Da erscheine ich wieder im Vlog von Noah und Lily.

Zwei riesige Überraschungen

Sonntag, 2. März
12.36 Uhr

Mum fuhr mich zu Noah.

»Was meinst du«, fragte sie, »wie lange Noah und Lily ihren Vlog noch weiterführen werden?«

So wie Mum das sagte, hörte es sich wie ein seltsames kleines Hobby an. Ganz schön herablassend. Also begann ich ihr zu erklären, was für eine globale Anziehungskraft Vlogs haben, bis sie mich unterbrach: »Als ich zur Schule ging, drehte der Vater meines besten Freundes zu Hause Filme. Sie waren sogar richtig gut.«

Aber man konnte Heimkino für vier Leute doch nicht mit einem Vlog vergleichen, der um die Welt ging!

»Mum ... Noah und Lily sind internationale Superstars.«

Mum schüttelte verwundert den Kopf. »Wie seltsam, dass es dem Publikum nicht längst langweilig geworden ist, Kindern dabei zuzusehen, wie sie in ihren Schlafzimmern dummes Zeug reden.«

Ich schluckte hart. Ich durfte mich über Mums Ausdrucksweise nicht ärgern. Es ist sicher nicht einfach, noch aus der alten Zeit zu stammen. »Mum, in diesem Vlog zu erscheinen, bedeutet mir alles.«

»Ha ha«, lachte sie, als hätte ich soeben etwas Urkomisches gesagt. Kein Zweifel, sie wurde wieder seltsam. Ich war richtig froh, dass sie einige Besorgungen zu erledigen hatte und deswegen Noah und Lily nicht begrüßen konnte.

15.35 Uhr

»Luis, willkommen zurück in unserer Vlogger-Familie«, begrüßte mich Noahs Mutter und führte mich in die Küche. »Noah und Lily werden gleich da sein. Sie hatten einen anstrengenden Tag. Schon zum Frühstück haben sie sich mit ihrem Management getroffen, um über mögliche Markenpartnerschaften –«

»Wow, ich bin jetzt schon beeindruckt«, unterbrach ich sie. »Ein Frühstückstreffen. Nicht, dass ich denke, irgendjemand würde mich gerne meine Coco Pops schlürfen sehen.«

Sie lachte. »Und drei Interviews später haben sie jetzt noch ein viertes reingequetscht. Ich habe ihnen gesagt, dass sie sich mal einen Tag freinehmen müssen, aber sie haben so viel zu erzählen. Es hört nie auf.«

Noahs Mutter war echt hipp. Warum konnte meine Mum ihr nicht ähnlicher sein? Vielleicht wird Mum mal so werden, wenn ich anfange, Frühstückstreffen abzuhalten.

»Bereite dich übrigens auf einen gewaltigen Schock vor, wenn du Noah siehst«, warnte sie mich.

Endlich kamen Noah und Lily hereingeschneit. Wie üblich

musste ich erst mal heftig blinzeln, als ich sie sah. Die beiden waren schließlich echte Stars. Darum wirkten sie immer leuchtender und strahlender als normale Menschen. Aber dann bemerkte ich, dass Noah seine auffällige Haartolle abrasiert hatte.

Allerdings wurde mir erst klar, was für eine bedeutende Angelegenheit der neue Haarschnitt war, als sie mich nach oben brachten, um den Vlog aufzuzeichnen. Wie immer balancierte die Webcam auf einem Bücherstapel, wo man ihre Gegenwart leicht vergessen konnte, zumal Noah und Lily sich in gewohnter Manier sofort zu zanken begannen.

»Ich bin stinksauer auf dich, Noah, genau wie unsere Fans, die nur eine Frage an dich haben – warum hast du das getan?«

»Meine Tolle war nicht mehr zu bändigen«, begann er.

»Aber du hast dir die Tolle abschneiden lassen, ohne deine Fans vorher zu fragen«, zeterte Lily. »Du hast ihnen damit die Woche total versaut.« Sie begann, Nachrichten zutiefst verärgerter Fans von Noahs Haartolle vorzulesen. »Du hast ihnen einen üblen Schock versetzt«, rief Lily, »vor allem, weil es ohne Vorwarnung passiert ist. Sie hatten keine Chance, sich seelisch darauf einzustellen. Darum musst du jetzt die hier tragen.« Sie warf ihm eine echt scheußliche, sehr billig aussehende schwarze Baskenmütze zu. Zuerst dachte ich, er würde sie nur zum Spaß aufsetzen. Aber dann gab Lily bekannt, dass sie sie speziell für ihn entworfen hatte. Und Noah deutete mit einem breiten Lächeln auf Lilys Unterschrift in der Ecke.

Lily fügte beruhigend hinzu, dass es auf Snapchat regelmäßige Updates geben würde, wie Noahs Tolle nachwuchs. »Aber jetzt«, rief sie, »ist er wieder da! Der Junge, der euch bei all euren Problemen hilft. Luis, die Lachnummer.«

Ich setzte mich zwischen die beiden und hatte keinen Schimmer, um welche Probleme es nun gehen würde. Sie meinten, dass auf diese Weise alles viel spontaner blieb.

Wir begannen mit Greg, der total auf ein Mädchen in seiner Klasse steht, sich aber nicht für gut aussehend genug hält, um sie zu fragen, ob sie mit ihm ausgehen will. Was sollte er tun?

»Besorg dir einen neuen Kopf.« Ich grinste. »Nein, Greg, schau mich an – ein kleiner Kerl mit einem zwiebelförmigen Gesicht und Ohren wie fliegende Untertassen.«

Lily meinte: »Ach komm«, während der sogar mit einer Baskenmütze abartig gut aussehende Noah grinste.

»Aber ich habe eine sensationelle Freundin. Sie heißt Maddy«, fuhr ich fort. »Wenn *ich* das schaffe, schaffst du es auch. Jungs wie du und ich müssen uns eben ein bisschen mehr anstrengen und uns für alles, was unsere Freundin sagt, brennend interessieren ...«

Nachdem ich Greg geholfen hatte, beantwortete ich vier weitere Fragen. Als Letzte war Sarah dran, die nicht wusste, wie sie damit umgehen sollte, dass ihre Eltern ihr ständig »Zielvorgaben« machten.

»Du musst sie sofort bremsen, Sarah«, sagte ich, »denn wenn Eltern erst einmal damit angefangen haben, können sie nicht mehr aufhören. Bald werden sie dir Zielvorgaben machen, wie oft du die Zähne putzen und aufs Klo gehen sollst.«

Noah begann zu lachen und ich machte munter weiter.

»Sarah, sag deinen Eltern, dass du sterben wirst, wenn sie dir gegenüber das Wort Ziel bloß flüstern. Es wird dich im wahrsten Sinn des Wortes umbringen und –« Doch ich musste abbrechen, weil Noah vor Lachen vom Stuhl gefallen war, auf dem Boden lag und mit den Beinen strampelte.

Nachdem wir Noah aufgeholfen hatten, klopfte er mir auf den Rücken und erklärte: »Wir geben Luis für seine Ratschläge immer zehn von zehn möglichen Punkten. Darum haben wir, bevor er geht, eine Überraschung für ihn.«

»Ich mag Überraschungen«, sagte ich grinsend. »Glaube ich zumindest.«

»Luis, zunächst einmal lass dir gesagt sein, dass du komplett durchgeknallt bist«, sagte Lily. »Neben dir wirkt sogar Noah normal.«

Ich lachte. »Und das ist nicht leicht.«

»Und wir wissen nie, was du als Nächstes sagen wirst«, sagte sie.

»Ich auch nicht«, witzelte ich.

»Und in den ganzen Wochen, in denen du weg warst, wurden wir immer wieder gefragt: ›Wann kommt der verrückte Kerl mit den abstehenden Ohren wieder?‹« Noah grinste mich an. »Die Reaktion auf dich war so episch, dass wir dich jede Woche als unseren exklusiven Herzschmerz-Berater dabeihaben möchten. Wie klingt das, Luis, die Lachnummer?«

Ich konnte zunächst nicht antworten, da dies zweifellos der größte Moment meines Lebens war. Oder es gewesen wäre, wenn Maddy dabei gewesen wäre.

Dann sah ich, wie Noah und Lily mich beobachteten.

»Ihr habt eine unglaublich weise Entscheidung getroffen.« Ich grinste. »Das sind tolle Neuigkeiten. Bessere kann es nicht geben.«

16.50 Uhr

Mum war noch nicht zurück, doch das machte nichts. Ich rief Maddy an, und sie drehte vor Aufregung geradezu durch, als sie die Neuigkeit hörte. Sie plauderte auch ein wenig mit Noah und Lily, und Noah nannte mich Maddy gegenüber seinen »ausgefuchsten Freund«. Ich platzte fast vor Stolz. Dann klingelte es an der Haustür. Ich vermutete, dass es Mum war, und rannte hin. Ich hatte recht.

»He, Mum, ich habe eine frohe Botschaft zu überbringen.« Dann rückte ich mit meiner erstaunlichen Neuigkeit heraus. Ich erwartete nicht, dass Mum auf der Straße einen Breakdance aufführte – das ist nicht ihr Stil. Aber ich wäre vollauf damit zufrieden gewesen, wenn sie gesagt hätte, sie sei die stolzeste Mutter auf diesem Planeten.

Doch sie murmelte nur: »Das ist nett. (nett!). Jetzt würde ich Noah und Lily gerne kennenlernen.« Ich brachte sie in die Küche, wo auch Noahs Mutter war. Mum schüttelte allen die Hände und lächelte in die Runde, dann starrte sie wieder Noah an, der immer noch mit dieser seltsamen Baskenmütze herumlief. Schließlich sagte sie: »Tja, ich brauche wohl nicht zu fragen, ob ihr alle Spaß hattet.« Es klang, als wären wir Kleinkinder, die gerade im Sandkasten gespielt hatten.

Ihr herablassendes Lächeln wurde immer breiter. »Und ich bin sicher, dass Luis wieder vorbeikommen und mitmachen kann. Sagen wir ... in ein paar Monaten.«

Wenn dieser Moment gefilmt worden wäre, wäre auf Twitter der Teufel los gewesen. WAS? WAS IST GERADE PASSIERT?, hätten die Leute geschrieben. Kein Wunder, dass uns allen die Augen aus den Höhlen traten. Ich war vor Schock vollkommen sprachlos.

»Wir waren mit dem heutigen Besuch einverstanden, da wir es versprochen hatten, aber von nun an wird Luis für längere Zeit viel zu beschäftigt sein, um wiederzukommen«, fuhr Mum fort.

»Tritt er denn in anderen Vlogs auf und hat deswegen keine Zeit?«, fragte Lily sofort.

»Natürlich nicht«, antwortete ich hastig. »Euer Vlog ist für mich der einzige.«

Noahs Mutter stand auf und gesellte sich zu meiner Mutter. »Anfangs dachte ich genau wie Sie«, sagte sie in vertraulichem Ton zu Mum. »Ich war äußerst skeptisch.«

Mums Lächeln wurde unsicher.

»Ich hielt Vloggen für eine sehr seltsame Beschäftigung«, fuhr Noahs Mutter fort. »Im Grund tue ich es immer noch, aber der Erfolg spricht seine eigene Sprache. Und jetzt läuft es für die beiden so gut, dass ich meinen Job im Nagelstudio aufgeben musste, um ihnen zu helfen.«

»Ich wette, du würdest deinen Job auch liebend gern aufgeben, nicht wahr, Mum?«, fragte ich. »Nun, vielleicht kannst du das ja bald ...«

»Es war wunderbar, Sie alle kennenzulernen«, unterbrach mich Mum, »und ich freue mich darauf, Sie alle wiederzusehen – eines Tages«, fügte sie hinzu, bevor sie aus dem Haus rauschte.

Ich wandte mich an Noah und Lily. »Mum ist so begeistert, dass sie vorübergehend den Verstand verloren hat. Aber ich komme nächsten Sonntag wieder. Darauf könnt ihr euch verlassen.«

17.56 Uhr

Wie du weißt, werde ich nicht allzu oft sauer. Aber im Auto schäumte ich vor Wut. Ich bekam mich überhaupt nicht in den Griff.

»Wir unterbinden dieses Vloggen ja nur vorübergehend«, ließ Mum mich wissen.

»Aber warum denn?«, rief ich entsetzt.

Da sagte sie mit leiser, zitternder Stimme: »Wir wissen, dass du in Mr Duncans Unterricht eingeschlafen bist.«

Das versetzte mir einen gehörigen Schreck.

»Mum, es war ein Power- ... He, woher weißt du das?«

»Mr Duncan hat es uns erzählt.«

»Nein, hat er nicht«, stellte ich richtig. »Ich war doch mit euch zusammen auf dem Elternabend.«

»Er hat deinen Dad und mich am Freitagnachmittag angerufen.«

»Aber Dunky hat am Elternabend seine Chance gehabt. Er kann doch nicht zusätzlich anrufen! Das ist glatter Betrug.« Ich war außer mir.

»Mr Duncan macht sich große Sorgen um dich, besonders nachdem du ihm erzählt hast, dass du nachts nicht mehr schlafen kannst, seit du mit dem Vloggen angefangen hast.«

»Das ist doch Quatsch«, erwiderte ich.

»Aber genau das hast du Mr Duncan doch gesagt. Luis, oder nicht? Sei ehrlich.«

Ich fühlte, wie ich rot wurde bis zu den Ohren. »Nein, nun, vielleicht – okay, ja, wahrscheinlich habe ich etwas in dieser Richtung gesagt, aber es ist nicht wahr.«

»Ist es nicht?«

»Natürlich nicht. Dunkys Unterricht ist so spannend wie Socken kaufen. Darum habe ich ein Nickerchen gemacht. Aber das konnte ich ihm schlecht sagen. Du weißt ja, was für ein gutes Herz ich habe.« Aber ich sah, dass Mum mir nicht glaubte. Deshalb fügte ich mit tiefer, eindringlicher Stimme hinzu: »Tu es nicht, Mum. Lass dir von Dunky keine Gehirnwäsche verpassen.«

Mum lachte tatsächlich.

»Und verdirb mir nicht die größte Chance, die ich je hatte.«

Sie hörte auf zu lachen. »Zu Hause wartet dein Lieblingsessen auf dich.«

»Wieso?«, fragte ich misstrauisch.

»Damit du weißt, dass das, was wir vorhaben, nicht bedeutet, dass du etwas falsch gemacht hast.«

»Und was habt ihr vor?«

»Das soll eine Überraschung werden«, sagte Mum.

Ein eiskalter Schauer durchrieselte mich.

In größter Gefahr

18.25 Uhr

Zu Hause empfingen mich wunderbare Düfte. Dad deckte den Tisch und platzierte Knallbonbons neben jedem Teller, genau wie an Weihnachten. Elliot, der arme verblendete Narr, war regelrecht aufgekratzt. Vor allem, als er sah, dass Mum und Dad unsere Lieblingsgerichte auftischten.

»Wir wollten den heutigen Abend zu etwas Besonderem machen«, sagte Mum. »Also haut rein.«

Elliot murmelte begeistert etwas, das nicht zu verstehen war, da ihm dabei das halbe Essen wieder aus dem Mund fiel.

»Es ist uns wichtig, euch klarzumachen, dass das, was wir vorhaben, auf keinen Fall eine Bestrafung ist«, warf Dad ein.

»Denn es ist unsere Schuld, nicht eure«, ergänzte Mum.

Wenn Eltern so etwas sagen, wird es gefährlich. Kein Wunder, dass mir fast der Bissen im Hals stecken blieb.

»Aber es ist nicht zu beschönigen, dass eure beiden Elternabende für uns sehr unerfreulich waren«, sagte Mum.

»Ich habe euch davor gewarnt hinzugehen«, murmelte ich. »Ich habe euch doch gesagt, dass von einem Elternabend nichts Gutes kommen kann.«

»Aber wenn ihr nur halbherzig gelernt habt«, fuhr Mum unbeeindruckt fort, »dann deswegen, weil auch wir nur halbherzig bei der Sache waren.«

Dad stimmte zu und nickte ernst. »Wir waren zu sehr mit unseren eigenen Sorgen beschäftigt – besonders mit meinen – und haben euch beide vernachlässigt.«

»Aber ich mag es, wenn ihr mich vernachlässigt«, rief ich. »Ich möchte im Grunde noch viel mehr vernachlässigt werden!«

»Wir möchten euch lediglich für neue Möglichkeiten empfänglich machen«, ergänzte Dad, »und sicherstellen, dass ihr euch nicht selber Grenzen setzt.«

Ich seufzte schwer. »Was hast du denn jetzt schon wieder im Internet gelesen?«

Dad sah ein wenig verlegen drein, aber Mum war nicht zu bremsen. »Ab morgen wird es in diesem Haus einige gravierende Veränderungen geben.«

Einen Moment lang hörte sogar Elliot auf, sich Essen reinzuschaufeln. »Was für Veränderungen?«, erkundigte er sich misstrauisch.

»Das erfahrt ihr morgen«, antwortete Dad.

»Aber ich kann euch schon jetzt verraten«, rief Mum aus, »dass wir euch beide endlich richtig fordern werden. Und wir werden auch uns als Familie fordern. Mit einer Aufgabe, die wir nur alle gemeinsam schaffen können.«

Elliot und ich konnten sie bloß mit vor Entsetzen verzerrten Gesichtern anstarren.

»Also dann«, sagte Dad fröhlich. »Wer möchte gern an seinem Knallbonbon ziehen?«

18.58 Uhr

Wenn große Gefahr droht – und die droht uns zweifelsohne –, gibt es nur eins zu tun.

19.10 Uhr

Wenige Sekunden, nachdem sie meine Nachricht erhalten hatte, rief Maddy zurück.

»Ich habe alles getan, um meine Eltern bei Laune zu halten«, beklagte ich mich. »Ich habe mir sogar mit ihnen zusammen Abba angehört!«

»Du hast wirklich alles in deiner Macht Stehende getan«, pflichtete Maddy mir bei.

»Aber sie sind trotzdem wieder in ihre schlechten alten Gewohnheiten zurückgefallen. Und ich weiß, dass sie im Internet wieder verrücktes Zeug gelesen haben.«

»So ist das mit der modernen Pädagogik«, erklärte Maddy. »Aber nichts darf dich daran hindern, ein Dauergast in Noahs und Lilys Vlog zu werden, weil ich einfach weiß ...« Sie zögerte.

»Sprich weiter, Maddy.«

»Dass das der Durchbruch ist, auf den wir gewartet haben.«

»Und du bist meine Agentin, du kennst dich aus. Aber was mache ich mit meiner Mum und meinem Dad?«

Maddy dachte nach. »Stimme ihnen zu.«

»Wie bitte?«, entfuhr es mir.

»Sag ihnen, dass sie wissen, was für dich am besten ist.«

»Diese Worte werden mir nie und nimmer über die Lippen kommen.«

»Gibt dir echt Mühe und behaupte sogar, dass du mehr Hausaufgaben machen wirst. Lass sie denken, dass du ihrer Meinung bist – und dann bittest du sie ganz höflich darum, eine winzige Ausnahme zu machen.« Dann fügte sie höchst mysteriös hinzu: »Ich bin sicher, dass es funktionieren wird, aber falls nicht, mach dir keine Gedanken und nimm umgehend Kontakt zu mir auf.«

19.42 Uhr

Ich stand breitbeinig vor Mum und Dad im Wohnzimmer, so als ob ich gleich anfangen würde zu singen. »Ich habe über das nachgedacht, was ihr gesagt habt. Nämlich, dass ich mich in der Schule mehr anstrengen sollte. Und genau das habe ich vor. Wer weiß, vielleicht macht es mir sogar Spaß, etwas über die Niederschlagsmenge in Kanada zu erfahren.« Meine Eltern reagierten überhaupt nicht. Aber dann hatte ich eine neue Idee. »Von jetzt an werde ich meinen Nachmittagstee erst trinken, wenn ich alle meine Hausaufgaben fertig habe.«

»Ausgezeichnete Idee«, murmelte Dad.

»Ich weiß und ich habe noch mehr. Während ich mit den Hausaufgaben beschäftigt bin, werde ich freiwillig mein Handy rausrücken.«

»Noch eine ausgezeichnete Idee«, sagte Dad.

»Ich bin voll davon. Das bedeutet, dass ich jeden Abend völlig ungestört an meinem Schreibtisch sitzen und meine sämtlichen sieben Gehirnzellen ganz der Schule widmen werde. Und für all das bitte ich im Gegenzug nur um eines. Erlaubt mir, sonntags auf Noahs und Lilys Vlog als ihr regelmäßiger Herzschmerz-Berater zu erscheinen. Und denkt dabei übrigens nicht nur an mich. Denkt an all die Kinder auf der Welt, die auf meine Ratschläge warten.«

Wenn ich das selbst sagen darf: Es war eine unglaublich bewegende Rede.

Ich erwartete, dass Mum und Dad aufspringen und verkünden würden: »Du hast uns das so schlüssig erklärt, dass wir dir keinesfalls im Weg stehen könnten. Luis, bitte verzeih uns unser törichtes Verhalten.« (Und das würde ich natürlich machen, großmütig wie ich bin.)

Doch keiner von beiden sagte ein Wort. Dad starrte auf seine Hände und drehte sie sogar ein paarmal hin und her, während Mums Blick weiterhin die Wand über meinem Kopf entlangwanderte. »Wir wissen, was dir das bedeutet«, meinte Dad schließlich heiser.

»Und nicht nur mir«, erwiderte ich. »Vergiss nicht all die Kinder auf der ganzen Welt.«

»Aber Luis, du bist mitten im Unterricht eingeschlafen«, sagte Mum.

»Es war ein Powernap«, korrigierte ich müde.

»Und dein Lehrer glaubt, dass es an deinem Hobby liegt«, fuhr Mum fort, »weil es dich von deinen Schulfächern ablenkt.«

»Mum, ich habe doch erklärt ...«

»Wir müssen dich wieder auf Spur bringen«, sagte sie.

»Aber ich bin jetzt auf der Spur – oder war es zumindest, bis ihr alles durcheinandergebracht habt.«

»Hör mal, wir treffen mit dir eine Abmachung«, warf Dad ein. »Wenn du unserem neuen Ansatz eine Chance gibst, darfst du in nur zwei Monaten schon wieder vloggen. Na, was sagst du?«

»In zwei Monaten!«, echote ich ungläubig. »Ich kann doch nicht einfach tatenlos mitansehen, wie mein Leben solange an mir vorbeirauscht! Ich muss an diesem Sonntag schon weitermachen, sonst ... Nun, es gibt dutzendweise Leute, die nur darauf warten, für mich einzuspringen. Dann kräht kein Hahn mehr nach mir.«

»Nun, dann wird es etwas anderes für dich geben«, erklärte Mum leichthin. »Etwas, das noch mehr Spaß macht.«

»Es wird nie wieder eine Chance wie diese geben«, rief ich. »Glaubt mir.«

Aber Mum und Dad lächelten nur völlig unbeeindruckt. Das passiert, wenn Eltern das moderne Leben nicht verstehen.

Es gab nur eins, was ich jetzt tun konnte. Ich rief Maddy zurück.

Und kurz darauf erzählte sie mir etwas wirklich Erstaunliches. Etwas, das jedes Kind wissen sollte.

Wie man seine Eltern dazu bringt, alles zu machen, was man will.

Wie man seine Eltern austrickst

20.10 Uhr

Maddy sagte, dass es eine so gut wie narrensichere Methode gibt, seine Eltern zu täuschen. Man muss allerdings unbedingt aufpassen, sie nicht zu oft anzuwenden. Darum hat Maddy mir noch nie davon erzählt. Sie ist nur für absolute Notfälle gedacht.

Und die Methode funktioniert folgendermaßen.

Ich muss nur vierzehn Worte aussprechen.

Aber vierzehn *magische* Worte.

Maddy hat vorgeschlagen, dass ich sie einstudiere. Zuerst muss ich den richtigen Gesichtsausdruck hinbekommen (total aufrichtig).

Ich darf die Worte nicht zu schnell hervorsprudeln, weil ihnen das etwas von ihrer außerordentlichen Macht nimmt.

Sie riet mir außerdem, aus dem Bauch heraus zu sprechen. Das lässt meine Stimme tiefer klingen, was den Worten irgendwie mehr Gewicht verleiht. Also habe ich in meinem Zimmer wieder und wieder diese Worte aufgesagt – mit meiner tiefsten Stimme.

Jetzt bin ich endlich bereit, ihre Magie auf meine Eltern abzufeuern.

Und los geht's.

20.35 Uhr

Ich lief leichtfüßig in die Küche, wo Mum und Dad mich ein wenig argwöhnisch ansahen, wie mir schien. Sie erwarteten, dass ich mich mit ihnen wieder streiten wollte.

»Kann ich euch etwas fragen?«, begann ich.

»Ja ...«, sagte Mum, bevor sie hinzufügte: »Luis, brütest du gerade eine Erkältung aus?«

»Oh nein«, versicherte ich ihr und bemühte mich, meine tiefe Stimme möglichst tief klingen zu lassen. Dann brummte ich aus dem Bauch die vierzehn magischen Worte: »Wer sind die besten Eltern der Welt? Ihr beiden. Jawohl, ihr beiden seid es.«

Und sofort geschah etwas Geniales. Die Gesichter meiner Eltern verwandelten sich. Sie sahen sofort zehn Jahre jünger aus. Im Ernst. Und sie lächelten das breiteste, glücklichste Lächeln, das man sich nur vorstellen kann.

»Wie wunderbar, dass du so etwas sagst«, freute sich Mum. Ihre Augen glänzten. Dann umarmten sie mich alle beide.

Maddy hat die Macht dieser Worte wirklich nicht unterschätzt. Jedes Kind sollte sie kennen. Ich würde den Unterricht darüber auf den Lehrplan setzen. Eine erstaunlich einfache Art, seine Eltern dranzukriegen. Wenn so etwas unterrichtet wird, würde keiner fehlen wollen.

Dad murmelte immer noch tief bewegt: »Es ist lange her, seit du so etwas zu uns gesagt hast, Luis.«

»Ich glaube, so etwas hast du überhaupt noch nie gesagt«, meinte Mum.

»Das bedeutet nicht, dass ich es nicht gedacht hätte«, erklärte ich. »Und jetzt habe ich mich endlich getraut, es euch zu sagen.«

»Das bedeutet uns viel«, sagte Dad.

»Das glaube ich«, stimmte ich zu.

Mum und Dad leuchteten regelrecht, ich kann es nicht anders beschreiben.

»Besonders jetzt«, fügte Dad hinzu.

»Ach wirklich«, sagte ich höflich.

»Ja, denn es bedeutet, dass du unserer Meinung bist«, sagte Dad.

»Nun, äh ...«, begann ich.

»Dir ist klar geworden, dass Hausaufgaben wichtig sind«, sagte Mum. »Und dass du dich anstrengen musst, dein Bestes zu geben.«

»Ich bin absolut einverstanden«, versicherte ich ihr.

Sie strahlten mich an.

»Aber ihr werdet mich doch sonntags in Noahs und Lilys Vlog auftreten lassen, oder?«, sprudelte es nun aus mir heraus. Ich vergaß völlig, dabei aus dem Bauch zu sprechen.

Jetzt strahlten meine Eltern mich nicht mehr an. Stattdessen schauten sie … desillusioniert drein. Das trifft es wohl am besten.

»All diese schönen Sachen, die du über uns gesagt hast ... dass wir die besten Eltern sind ... damit wolltest du dich nur einschmeicheln«, seufzte Mum.

»Du hast kein Wort davon ernst gemeint«, sagte Dad und sah mit einem Mal nicht einmal mehr zehn Sekunden jünger aus.

»Ihr seid solche Zyniker«, rief ich. »Natürlich habe ich es ernst gemeint. Aber ... was ist jetzt mit Sonntag?«

»Tut mir leid, Luis«, sagte Mum ohne Umschweife. »Wir sind nicht darauf reingefallen.«

20.45 Uhr

Maddy schrieb, dass ihre Methode so gut wie narrensicher sei. Sie hatte nur einmal versagt, nämlich als Maddy versuchte, ihre Eltern dazu zu überreden, sie in Großbritannien zu lassen, während sie über den Großen Teich in die USA umzogen.

Und wenn diese magischen Worte scheitern, bedeutet das nur eins.

Deine Eltern sind eine ganz harte Nuss.

Es wird also nicht leicht werden.

Aber ich gebe niemals auf.

Irgendwie bekomme ich meine Eltern dazu, genau das zu tun, was ich will.

Ein Heidenlärm

Montag, 3. März
16.50 Uhr

Meine Gehörgänge wurden gerade Opfer eines Attentats.

Als ich heimkam, empfing mich ohrenbetäubender Lärm, hoch und kreischend wie eine endlos schrillende Zugpfeife.

Ich folgte dem Radau ins Wohnzimmer, wo Dad und Elliot auf ihren Blockflöten spielten. Dads Holzflöte war alt, während Elliots schmutzig weiße Flöte neu und billig aussah. Schwer zu sagen, wer von den beiden schlechter spielte.

Sie hörten auf, als sie mich sahen. »Wir spielen uns nur warm«, rief Dad, »und machen unsere Lippen beweglich. Keine Sorge, Luis, deine Flöte ist schon unterwegs.«

»Wenn das mal keine tollen Neuigkeiten sind«, antwortete ich mit unverhohlenem Sarkasmus.

»Deine Mum kauft sie gerade jetzt«, fuhr Dad fort. »Sie ist erst mal nur zum Üben. Später bekommst du dann eine richtige, um –«

»Dad, ich habe nicht vor, Blockflöte zu lernen«, erklärte ich und verschränkte die Arme.

»Da täuschst du dich«, sagte Dad. »Wir lernen alle zusammen Blockflöte, deine Mutter und ich auch. Ich dachte, es wäre gut, mit etwas Einfachem zu beginnen, bevor wir zum Geigespielen wechseln.«

»Was!«, rief ich.

»Ich weiß alles über die Blockflöte«, erklärte Dad. »Früher habe ich jeden Mittwochmittag im Blockflötenverein meiner Schule gespielt.« Lang zurückliegende Erinnerungen rührten sich in ihm, während er nostalgisch lächelte.

»Hier, versuch es mal«, sagte Elliot und warf mir seine Billigflöte zu.

Dad erklärte mir aufgeregt, wo ich die Finger hinlegen sollte, und ich blies halbherzig in das Mundstück und erzeugte damit einen schrillen Ton, der wie ein Werwolf nach Feierabend klang. Dann rief ich entsetzt: »Bäh, das Ding schmeckt ja nach Spucke.«

Elliot lachte schrill und sprang entzückt herum. »Du bist voll darauf reingefallen. Und das war außerdem alles meine Spucke …«

»Oh, du –!« Ich begann, ihn anzuspucken, um es ihm heimzuzahlen.

»Iih!«, schrie Elliot. »Du hast mich getroffen.«

»In Ordnung, Jungs, beruhigt euch«, unterbrach uns Dad. »Wir werden das jetzt richtig machen. Als Erstes müsst ihr die korrekte Atemtechnik lernen. Beobachtet mich bitte ganz genau. Seht ihr, wie ich einen sehr tiefen Atemzug nehme? Und jetzt noch einen ...« Plötzlich fing Dad an zu husten. Er hustete immer lauter und immer schneller.

»He, Dad, du klingst besser als die Blockflöte«, witzelte ich. »Auf jeden Fall melodischer.«

Aber Dad antwortete nicht. Er konnte nicht – er war zu sehr mit Husten beschäftigt. Das beunruhigte mich, darum ging ich, um ihm etwas Wasser zu holen.

»Beeil dich!«, rief Elliot. »Dads Gesicht läuft knallrot an. Ich glaube, er wird explodieren.«

Ich eilte zurück. Dad schnappte mir das Glas aus der Hand und schaffte es, beim Trinken mehr als die Hälfte des Wassers zu verschütten. Immerhin normalisierte sich seine Atmung wieder.

»Atme tief durch«, ermahnte ich ihn.

»Alles in Ordnung«, keuchte er.

»Du musst dich aber hinsetzen«, insistierte ich.

Elliot und ich halfen ihm gerade auf einen Stuhl, als Mum zurückkam.

»Was ist denn passiert?«, wollte sie wissen.

»Alles in Ordnung, Mum«, erklärte ich. »Dad hat sich nur beim Atmen verletzt, mehr nicht.«

18.30 Uhr

Mum und Dad haben ihre Nasen in mein Zimmer gesteckt. »Keine Sorge«, beteuerte Mum. »Wir werden uns nicht zu dir setzen und aufpassen, dass du deine Hausaufgaben machst.«

Das hatten sie in der Vergangenheit mal getan. Ich erinnere mich daran, wie Dad stundenlang auf meinem Bett herumlümmelte und Pfefferminzbonbons lutschte. Es war irre anstrengend, denn ich musste die ganze Zeit so tun, als würde ich arbeiten.

»Wir gehen jetzt und lassen dich in Ruhe, damit du richtig loslegen kannst«, sagte Dad.

Und genau das tat ich – aber mit meiner persönlichen Comedy-Hausaufgabe. Ganze fünf Minuten widmete ich den Geschichtsaufgaben, dann notierte ich vierzig neue Witze. Wenn es um Humor geht, bin ich total auf Erfolg programmiert.

19.22 Uhr

Ich räumte gerade auf, als ich merkte, dass meine Eltern schon wieder mein Zimmer belagerten. »Wie ist es gelaufen?«, fragte Dad eifrig.

»Echt gut, Dad. Ich bin jetzt aber ein bisschen erschlagen nach den ganzen Hausaufgaben und nachdem ich dir vorhin das Leben gerettet habe.«

Gänzlich unbeeindruckt von meinem Heldentum fragten sie, ob sie meine Hausaufgaben sehen könnten.

»Oh, es ist nur ein bisschen Blabla über die veränderte Rolle des Parlaments seit der Tudor-Zeit. Ihr wollt euer Hirn bestimmt nicht damit vollmüllen.«

Und normalerweise würden sie das tatsächlich nicht wollen. Aber sie sind zurzeit einfach nicht sie selbst, und deshalb bestanden sie darauf, dass ich ihnen den Aufsatz zeigte. Sie studierten ihn gemeinsam und lasen ein paar Stellen in schockiertem Tonfall laut vor.

»Er muss erst am Mittwoch fertig sein, darum werde ich ihn später vielleicht noch ergänzen«, erklärte ich leichthin, »oder vielleicht auch nicht.«

»Luis, dieser Aufsatz ist unsere Schuld«, sagte Mum.

»Wenn du es sagst.« Stimme ihnen zu, hat mir Maddy geraten.

»Wir haben dir nicht das richtige Umfeld geschaffen, damit du lernen und dich deinen Herausforderungen stellen kannst«, erklärte Dad.

»Ich würde mir deswegen keine Sorgen machen.« Ich grinste sie fröhlich an.

»Die Sache ist die, Luis«, sagte Mum und starrte mit strenger Miene auf meinen Geschichtsaufsatz. »Wenn man in etwas gut sein will, muss man sich bemühen.«

»Aber was, wenn man in einer Sache *nie* gut sein wird?«, fragte ich. »Es ist bestimmt viel besser, seine Zeit für etwas zu verwenden, worin man bereits gut ist – beispielsweise in einem weltberühmten Vlog aufzutreten.«

Mum seufzte schwer. »Luis, du lebst einfach nicht in der wirklichen Welt.« Es klang, als sei das etwas Schlechtes.

Dann gab Dad seinen Senf dazu. »Ich werde dir etwas verraten, Luis. Als ich heute wieder mit dem Blockflötespielen anfing, war ich enttäuscht. Ich dachte, es würde viel besser klingen. Aber werde ich aufgeben?«

»Oh ja, bitte«, murmelte ich.

»Keinesfalls«, rief Dad. »Ich werde mir nur noch mehr Mühe geben. Hat dich das denn überhaupt nicht inspiriert?«

»Nein«, antwortete ich.

»Und wir werden dir bei den Hausaufgaben helfen«, sagte Mum. »Aber nicht, indem wir sie für dich erledigen ...«

Schade, denn das war die einzige Art von Hilfe, die mich interessierte.

»... sondern, indem wir dir Anregungen geben«, fuhr Mum fort. »Ich werde dir einige Bücher mitbringen, mit denen du dich in das Thema einlesen kannst.«

»Und ich«, sagte Dad, »werde dir alles liefern, was ich im Internet über die Tudor-Zeit finden kann.«

»Ich möchte wirklich nicht, dass ihr euch meinetwegen solche Mühe macht«, wehrte ich ab.

»Wie wir Elliot vor ein paar Minuten gesagt haben«, rief Mum, »legen wir für euch beide ab sofort eine höhere Messlatte an. Das hätten wir schon viel früher tun sollen. Tut mir leid.«

Je mehr deine Eltern sich bei dir entschuldigen, desto verrückter und unvernünftiger sind sie. Das stimmt, so wahr ich Luis heiße.

19.50 Uhr

Mum hat mir einen Haufen Bücher auf den Tisch geknallt. Und Dad hat gerade acht Zillionen Blätter hereingetragen, die er ausgedruckt hat. Als er sich über meinen Schreibtisch beugte, hat er gefurzt. Sehr laut! Das war zweifellos der Höhepunkt meines Abends.

Dienstag, 4. März

17.10 Uhr

Wir haben heute Abend alle vier »Frère Jacques« gespielt – wobei niemand das Stück wiedererkannt hätte.

»Spricht deine Blockflöte schon zu dir?«, fragte Dad.

»Und ob«, antwortete ich. »Sie sagt: *Lass mich in Ruhe.*«

Dann sagte Mum, dass sie und Dad sich wirklich darauf freuten, meinen Geschichtsaufsatz zu lesen. Sie werden staunen, wie wenig er sich seit gestern verändert hat. Oder vielleicht merken sie es auch gar nicht?

19.05 Uhr

Mum und Dad haben gerade meinen Geschichtsaufsatz erneut gelesen. Dad sah aus, als würde er gleich in Tränen ausbrechen. »Der ist ja kein bisschen besser als dein voriger«, rief er. (Tatsächlich war es ja mein voriger.)

Dann laberten sie etwas darüber, dass ich tiefer in die Materie einsteigen müsste.

»Luis, wir akzeptieren von dir keine so anspruchslose Arbeit«, befand Dad.

In fünfundvierzig Minuten wollen sie wiederkommen.

19.52 Uhr

Ich habe wirklich versucht, diesen ganzen Käse zu lesen, den Dad für mich ausgedruckt hat, aber nichts davon ist in meinem Kopf hängen geblieben.

Es ist hoffnungslos.

19.55 Uhr

Meine Eltern werden nicht lockerlassen, bis dieser Aufsatz besser geworden ist. Und ich muss es sowieso irgendwie schaffen, bei ihnen Pluspunkte zu sammeln, damit sie ihre Meinung wegen Sonntag ändern. Ich werde alles ertragen, wenn es bedeutet, dass ich in Noahs und Lilys Vlog erscheinen darf.

Aber ich schaffe es einfach nicht, meine Hausaufgaben zu machen.

19.56 Uhr

Wenn Maddy doch nur hier wäre.

19.57 Uhr

Ich habe sonst niemanden. Doch, ich glaube, da gibt es noch jemanden. Einen Menschen.

19.58 Uhr

Ich bin total verzweifelt. Ich werde jetzt meine Tür ganz fest schließen und ihn anrufen.

Meine Eltern verwandeln sich in Superschurken

20.15 Uhr

Edgar klang extrem verärgert. »Ich habe dir nichts zu sagen.«

»Das ist eine ausgezeichnete Nachricht, und du kannst auch sofort wieder auflegen, nachdem du mir einen Gefallen getan hast. Ich möchte, dass du mir alles erzählst, was du über die veränderte Rolle des Parlaments seit der Tudor-Zeit weißt.«

»Was, jetzt gleich?«, fragte Edgar.

»Natürlich jetzt gleich. Und sprich schnell. Und versuche, es intellektuell klingen zu lassen …«

»Ich *bin* intellektuell«, sagte Edgar.

»Na, dann leg mal los«, meinte ich.

Ich kritzelte wie wild mit, während Edgar Fakten herunterrasselte über Heinrich VIII., die Auflösung der Klöster und … Aber warum sollte ich euch damit langweilen? Ich bekam ja schon beim Mitschreiben Kopfweh.

Schließlich sagte er: »Das ist alles, was ich weiß«, und legte auf, noch bevor ich mich bei ihm bedanken konnte.

20.40 Uhr

Mum und Dad haben gerade meinen neuen Aufsatz durchgelesen.

»Deine Handschrift könnte zwar besser sein«, begann Mum. »Aber, Luis« – ihre Augen leuchteten tatsächlich –, »der Inhalt ist absolut hervorragend.«

»Ja, gut gemacht, Luis.« Auch Dads Augen glänzten. Genau davon hatten die beiden schließlich immer geträumt: einen Superstreber als Sohn. »Wir wussten, dass du es schaffen würdest, den Aufsatz zu überarbeiten«, fuhr Dad fort.

»Oh ja, ich habe es geschafft«, stimmte ich zu.

»Und ich glaube, du verstehst jetzt, zu was du in der Lage bist«, fuhr Dad fort.

Wieder stimmte ich ihm zu. Denn wer hätte gedacht, dass ich in der Lage wäre, ausgerechnet Edgar um einen Gefallen zu bitten?

Mittwoch, 5. März

15.00 Uhr

An unserer Schule gibt es einen Neuen. Er heißt Jack. Mrs Hare fragte, ob sich jemand um ihn kümmern möchte. Niemand meldete sich. Ich weiß – was für ein freundlicher Ort! Also sagte ich schließlich, dass ich es tun würde.

Als Jack und ich gingen, spürte ich eine Hand auf meiner Schulter. »Es ist toll, dass du so hilfsbereit bist, Luis«, gurrte

Mrs Hare. »Aber wir wollen beide nicht, dass du und Jack etwas Dummes tut, da sind wir uns doch einig?«

»Haben Sie irgendwelche Vorschläge?«, fragte ich.

Wie kam ich nur zu so einem schlechten Ruf?

Ich war beinahe gekränkt.

16.35 Uhr

ICH HASSE UND VERABSCHEUE ES, diese billige, kleine Blockflöte zu spielen. Selbst Nachsitzen ist schöner. Absolut. Da hat man wenigstens seine Ruhe.

Als ich nach Hause kam, hatten Dad und Elliot schon angefangen zu spielen (Mum war noch bei der Arbeit oder tat zumindest so), und ich sage dir, selbst ein Elektrobohrer klingt dagegen melodisch.

Dann wurde ich gezwungen mitzumachen, weil es in unserer Familie anscheinend wichtig ist, gemeinsam Krach zu veranstalten. Danach sagte Dad: »Ich glaube, ihr benutzt beide zu viel Luft.«

»Oder aber Elliot und ich sind einfach grässliche Blockflötenspieler«, erwiderte ich.

Dad schüttelte den Kopf. »Das ist die falsche Einstellung, die dich nirgendwohin bringen wird. Weißt du, was ich getan habe, bevor du nach Hause gekommen bist?«

»Ein paar Ohrstöpsel gekauft?«, riet ich.

»Ich habe unablässig eine Melodie geübt, die du bestimmt erkennen wirst. Nimm mich als Inspiration, dich mehr anzustrengen, und hör zu.«

Dad bekam einen verzückten Gesichtsausdruck und flötete, dass uns fast die Trommelfelle platzten. Elliot sah mich mit einem Blick an, der sagte: »Wir machen mit unseren Eltern ganz schön was mit.« Am Ende fragte Dad eifrig: »Na, Jungs, was war das?«

»Keine Ahnung«, antwortete Elliot.

»Na kommt schon, das musst du erkannt haben, Luis.«

»Nein, aber draußen hat eine Katze vor Mitleid zu kreischen angefangen.«

»Das war die Titelmelodie der Simpsons«, sagte Dad.

»Was …?«, rief ich erstaunt.

»Ja.« Dad schüttelte erneut den Kopf. »Ich bin sehr überrascht, dass du sie nicht erkannt hast, denn das ist eine deiner Lieblingssendungen.«

»Dad, wenn ich mich schnäuze, klingt es eher wie die Simpsons als das.« Er sah daraufhin so niedergeschlagen drein, dass ich aus Mitleid hinzufügte: »Aber es war ein netter Versuch. Können wir unsere Ohren jetzt ein paar Jahrhunderte lang ausruhen lassen?«

18.55 Uhr

Die Mienen meiner Eltern waren ganz knittrig vor Enttäuschung, als sie meine Erdkunde- und Englisch-Hausaufgaben sahen.

»Wir wissen, dass du es besser kannst«, sagte Mum. »Streng dich wieder richtig an, so wie gestern Abend.«

»Ich brauche dazu aber völlige Stille und darf auf keinen Fall gestört werden«, sagte ich.

»Ganz klar«, antwortete Dad verständnisvoll. Sie verließen tatsächlich auf Zehenspitzen mein Zimmer. Ich schloss die Tür und rief wieder Edgar an.

19.31 Uhr

Es war, als würde man einen Wasserhahn aufdrehen. Ich musste nur ein Thema nennen, und schon legte Edgar los. Und alles, was er sagte, klang höchst eindrucksvoll. Mit anderen Worten, ich verstand nichts davon.

Ich muss zugeben, dass ich Edgar zutiefst dankbar war. »Wenn ich Geld oder Geschenkgutscheine oder Glücksbringer hätte, würde ich sie dir vorbeibringen. Du solltest dein Gehirn der Wissenschaft vermachen –«

»Eigentlich war keine der Fragen auch nur ansatzweise schwierig«, unterbrach er mich.

Danach hörte ich sofort auf, ihm dankbar zu sein.

19.50 Uhr

Mum und Dad klopften an meine Tür und kamen fast schon schüchtern ins Zimmer.

»Na, wie kommst du voran?«, erkundigte sich Mum.

»Ich bin gerade fertig geworden.« Ich lehnte mich mit einem kleinen Seufzer in meinem Stuhl zurück.

»Können wir einen Blick darauf werfen?« Bevor ich etwas erwidern konnte, nahm Mum meinen Englisch-Aufsatz, während Dad verdattert meine Erdkunde-Hausaufgabe durchsah.

Kurz darauf gurrte Mum: »Luis, das ist wirklich sehr gut.«

»Das hier auch«, befand Dad. »Wie schade, dass du nicht schon früher solche Leistungen erbracht hast.«

Ich nickte. Ich hätte schon viel früher auf die Idee kommen sollen, Edgar meine Hausaufgaben machen zu lassen.

»Wir sind sehr stolz auf dich«, sagte Mum.

Ich konnte nicht anders, ich musste ein bisschen angeben.

»Tja, nachdem ich angefangen hatte, konnte ich gar nicht schnell genug schreiben.« Das stimmte sogar irgendwie, denn Edgar redete sehr schnell.

»Das ist ein richtiger Durchbruch.« Mum kriegte sich vor Freude kaum mehr ein.

Ich hatte die beiden geschickt getäuscht und dadurch glücklich gemacht. Ein Gewinn für jeden von uns und der perfekte Moment, um zu fragen ...

»Darf ich als Belohnung für meine harte Arbeit diesen Sonntag bitte in Noahs und Lilys Vlog erscheinen?«

Sofort verschlossen sich ihre Mienen.

»Na, kommt schon«, drängte ich. »Ich habe an zwei Abenden hintereinander fantastische Hausaufgaben gemacht, das ist ein Rekord.«

Mum und Dad tauschten Blicke, bevor Mum ganz sanft sagte: »Tut mir leid, Schatz, aber du bist noch nicht so weit.«

»Doch, Mum, und wie!«

»Aber sieh doch nur, was du erreichen kannst, wenn du deine *ganze* Energie in deine Hausaufgaben steckst«, brachte Mum vor.

»Mach erst mal so weiter, wie wir es dir sagen«, fügte Dad hinzu. »Und in ein paar Monaten kannst du wie versprochen ...«

Ich war außer mir. Ich hatte mich damit abgefunden, Blockflöte zu spielen und in meinem Zimmer eingesperrt Hausaufgaben zu machen, und alles in der Hoffnung, dass meine Eltern Vernunft annehmen würden. Aber sie waren immer noch unbelehrbar. Deswegen brach es aus mir heraus: »In Wirklichkeit habe ich kein einziges Wort von einem dieser Aufsätze geschrieben. Das stammt alles von Edgar.«

»Edgar!«, rief Dad. »Aber der ist doch gar nicht hier gewesen.«

»Ich habe mit ihm über diese praktische neue Erfindung kommuniziert, die man Telefon nennt und die ihm ermöglicht, seine ganze Weisheit abzulassen, denn er ist ein echter Schlaukopf. Vermutlich hat er es sich gerade mit einem Buch über quadratische Gleichungen bequem gemacht. Er ist genau der Sohn, den ihr gerne hättet.«

Ich gebe zu, ich hatte die Stimmung komplett in Grund und Boden gerammt. Aber das hatten sie sich selbst zu verdanken, stimmt's?

»Wir sind sehr von dir enttäuscht«, sagten Mum und Dad gleichzeitig.

»Und ich bin von euch sehr enttäuscht«, erwiderte ich, aber erst, nachdem sie das Zimmer verlassen hatten, und sehr leise.

Doch es stimmte wirklich.

20.00 Uhr

Ich rief sofort Maddy an. Sie saß natürlich immer noch in der Schule fest, aber zum Glück begann dort gerade die Mittagspause.

»Ich weiß, dass ich mich nicht von meiner Wut auf sie hätte hinreißen lassen sollen«, gestand ich.

»Wenn deine Eltern zu Superschurken mutieren, ist dir das nicht zu verdenken«, meinte sie.

Maddy findet immer genau die richtigen Worte.

»Sie lassen mich nur in Ruhe, wenn ich im Bett bin.«

»Das muss furchtbar sein.«

»Und ich kann ihnen nicht klarmachen, wie hoffnungslos falsch sie liegen, da sie mir nie zuhören. Jedenfalls nicht richtig.

Alles, woran sie denken können, sind ihre Hoffnungen für mich. Ich möchte sie irgendwie aufwecken, indem ich etwas völlig Verrücktes tue –«

»Luis, ich glaube, ich habe es«, unterbrach sie mich aufgeregt.

Ich war zutiefst beeindruckt, dass sie sich so schnell einen Plan überlegt hatte, obwohl sie Zillionen Meilen entfernt war.

»Mir ist etwas eingefallen, womit du auf jeden Fall ihre Aufmerksamkeit erregst. Aber es wird nicht leicht sein.«

Dann verriet mir Maddy ihren Plan.

Er war wirklich unglaublich schlau.

Aber könnte ich das tatsächlich machen?

Der Pyjama-Protest

20.13 Uhr

Nein, das schaffe ich nicht. Das ist zu verrückt und zu peinlich – selbst für eine Rampensau wie mich.

20.21 Uhr

Ich hätte vielleicht versucht, mich herauszureden, wenn Poppy nicht angerufen hätte.

»Warum hast du mir nichts davon erzählt?«, fragte Poppy ohne Umschweife.

»Wovon soll ich dir nichts erzählt haben?«

»Dass du ab Sonntag jede Woche in Noahs und Lilys Vlog auftreten wirst. Das sind doch sensationelle Neuigkeiten und du hast mir kein Wort davon erzählt.«

»Du vergisst aber etwas, Poppy«, sagte ich schnell. »Ich bin jetzt zu wichtig und zu berühmt, um überhaupt noch persönlich mit dir zu sprechen. Darum habe ich meinen Butler Fortescue gebeten, dich zu informieren.«

»Nun, das hat er nicht gemacht und ich habe dich gerade erst in dem Stream vom letzten Sonntag gesehen. Du warst natürlich genial witzig. Und ich freue mich so für dich, Luis. Du verdienst diesen Erfolg wirklich.«

»Das ist wahr.«

Sie lachte wieder. »Ich wette, du bist völlig aus dem Häuschen.«

»Da muss ich erst Fortescue fragen.«

Die ganze Woche war ich in der Schule über meinen Job als Noahs und Lilys regelmäßiger Herzschmerz-Berater gelöchert worden. Ich wollte niemanden darüber einweihen, dass mir meine Träume gerade um die Ohren flogen, weil sich die meisten über so eine katastrophale Neuigkeit wahrscheinlich insgeheim freuen würden. Also grinste ich nur und sagte jedes Mal, wie aufgeregt ich war.

Doch Poppy war ganz anders. Sie würde sich aufrichtig für mich ärgern, das wusste ich. Aber selbst ihr konnte ich die Wahrheit nicht gestehen. Ich wollte es einfach nicht laut aussprechen, denn das würde bedeuten, dass ich die große Chance, die mir in den Schoß gefallen war, wirklich verloren hatte. Außer ... da fiel mir Maddys Plan wieder ein.

Poppy sagte gerade: »Ich habe auch eine Neuigkeit. Du kennst doch die neue Varieté-Sendung, die jeden Sonntag im Fernsehen läuft, oder?«

»Bist du etwa dabei?«, unterbrach ich sie.

»Ja, und sie wird sogar live übertragen.«

»Wow, Poppy«, war alles, was ich sagen konnte. Es ist nämlich schwer, ein Wort herauszubekommen, wenn man vor Eifersucht mit den Zähnen knirscht. Aber das Gefühl verflog blitzschnell.

Doch, wirklich, denn Poppy ist fantastisch. Du solltest mal

sehen, wie sie mit ihrem Rollstuhl über die Bühne fegt und dabei vier Zaubertricks gleichzeitig vorführt. Sie hat unglaublich hart dafür gearbeitet. Ihr Großvater, der auch Zauberer ist, hat ihr alles beigebracht. Aber er gibt zu, dass sie noch besser geworden ist als er.

Außerdem ist sie eine tolle Freundin. Wir haben uns in einer Talent-Show kennengelernt, die sie gewonnen hat. Ihr Preis war eine eigene halbstündige Sendung. Und wen hat sie als Gast in die Sendung eingeladen? Mich.

Darum meinte ich es aufrichtig, als ich sagte: »Ich freue mich wie verrückt für dich, Poppy.«

»Ich schaue mir deinen Auftritt an und du dir meinen«, sagte sie, »und dann sagen wir uns ehrlich, wie es uns gefallen hat.«

»Abgemacht«, antwortete ich.

Als Poppy aufgelegt hatte, traf ich eine wichtige Entscheidung.

Im Moment kann nichts, was ich sage, meine Mum und meinen Dad überzeugen.

Aber Maddys Idee ist so verrückt und ausgefallen, dass ich meine Eltern damit vielleicht zur Vernunft bringen kann. Es lohnt sich bestimmt, alles zu versuchen, egal wie dämlich es zu sein scheint, wenn ich es damit in den Vlog schaffen kann. Warum in aller Welt zögere ich noch?

Keine Ahnung.

20.30 Uhr

Ich wollte wissen, ob ich Elliot dazu bewegen konnte, morgen bei meinem Plan mitzumachen. Er war bereits im Bett und hatte das Licht gelöscht. Aber ich flüsterte ihm meine Idee ins Ohr.

Augenblicklich war er hellwach.

Es bedurfte nicht so großer Überzeugungsarbeit wie erwartet. Er hat das, was in unserem Haus passiert, viel mehr satt, als ich gedacht hatte.

Also werden Elliot und ich morgen gemeinsam protestieren.

Donnerstag, 6. März

7.18 Uhr

Mum hat gerade in mein Zimmer geschaut, um zu sehen, ob ich schon wach bin. Sie hat keine Ahnung, was passieren wird. Und ich bin nicht so nervös, wie ich es erwartet hatte. Jetzt will ich es einfach nur durchziehen.

7.31 Uhr

Ich habe meinen alten Schlafanzug ausgezogen und dann meinen besten, blau gestreiften Schlafanzug rausgeholt. Er scheint mich aufmunternd anzulächeln, als würde es ihm gefallen, ein Teil meines Plans zu sein. Dieser Schlafanzug hat einen ordentlichen Kragen und Taschen. Ich betrachtete mich im Spiegel und fand, dass ich darin richtig schlau aussah. Dann band ich meine Schulkrawatte um und zog zuletzt noch den Blazer über. Niemand kann behaupten, ich würde meine Uniform nicht tragen.

Jetzt sehe ich – na ja, unfassbar seltsam aus, um ehrlich zu sein. Aber das interessiert mich im Augenblick nicht. Ich habe sogar Spaß daran.

7.38 Uhr

Ich ging in Elliots Zimmer. Er trug ebenfalls seinen Schulblazer über seinem zugegebenermaßen weit weniger beeindruckenden Schlafanzug. Er grinste mich nervös an. »Machen wir das wirklich?«

»Natürlich. Weißt du, ich fühle mich so entspannt in diesem Schlafanzug. Es würde mich nicht überraschen, wenn wir beide eine neue Mode einführen. Ich wette, dass bald im ganzen Land Schüler in so einem Outfit in der Schule antanzen werden.«

»Aber was werden Mum und Dad sagen?«, fragte Elliot und klang zugleich ängstlich und aufgeregt.

»Das werden wir bald herausfinden«, antwortete ich.

7.58 Uhr

»Na endlich«, seufzte Mum, ohne sich umzudrehen, als sie uns kommen hörte. »Ich muss heute ein bisschen früher los, aber euer Dad arbeitet heute zu Hause und kann ...« Sie brach ab, als sie uns endlich ansah. Dann öffnete und schloss sie zweimal den Mund wie ein fassungsloser Goldfisch.

Elliot kicherte nervös.

»Aber ... aber ...«, stammelte sie. »Wieso in aller Welt habt ihr beide eure Schlafanzüge an?«

»Ich dachte mir fast, dass du uns das fragen würdest«, sagte ich.

»Geht sofort nach oben und zieht euch um!«, befahl sie in einem Tonfall, der jede Diskussion ausschloss.

Elliot war sogar schon aufgestanden, doch dann sah er mich an, setzte sich sofort wieder und senkte den Kopf.

»Tut mir leid, Mum, das können wir nicht«, sagte ich. »Das ist ein offizieller Pyjama-Protest. Wir haben vor, genau so in die Schule zu gehen, außer du und Dad hört euch wirklich an, was wir zu sagen haben. Es liegt ganz an euch.«

»Dafür haben wir jetzt keine Zeit, Jungs.« Ihre Stimme krächzte ein wenig, das gab mir Auftrieb.

»Seit Montag«, sagte ich, »sind Elliot und ich eine von dir und Dad verfolgte Minderheit.«

»Das sind wir wirklich«, stimmte Elliot zu, während er auf seinem Toast herumkaute.

»Ihr lasst uns erst in Ruhe, wenn wir abends unsere Schlafanzüge tragen«, fuhr ich fort. »Deshalb werden wir sie heute anbehalten.«

Dann erschien Dad.

»Sie behaupten, dass sie heute so zur Schule gehen«, sagte Mum.

»Dad, du musst zugeben, dass es gut aussieht«, erklärte ich mit einem kleinen Lächeln.

Er lachte kurz. »In Ordnung, Jungs, ihr habt ein bisschen Schwung in den Morgen gebracht. Jetzt ist es Zeit, dass ihr eure richtigen Schuluniformen anzieht.«

»Wenn du und Mum euch ändert und uns und unsere Sorgen ernst nehmt, werden wir diese Aktion aussetzen.« Ich sah ihn hoffnungsvoll an.

Dad starrte uns einen Augenblick an. Ich konnte ihn fast nachdenken hören. »Okay, Jungs, geht in euren Schlafanzügen zur Schule.«

Mum sah fast so erschrocken aus wie wir. Aber ich hörte, wie Dad ihr in der Küche zuflüsterte: »So trauen sie sich bestimmt nicht vor die Tür.«

8.18 Uhr

»Ich hoffe, ihr seid oben und zieht euch um«, rief Mum.

»Der Witz ist endgültig vorbei«, schrie Dad.

Elliot hüpfte in meinem Schlafzimmer herum.

»Das macht irre Spaß«, lachte er.

8.30 Uhr

Elliot und ich sprangen die Treppe hinunter.

»Sie kommen«, zischte Mum.

»Wir werden kein Wort mehr darüber verlieren«, hörte ich Dad flüstern. »Sie hatten ihre kleine Protestaktion und haben sich ausgetobt.«

Sie waren völlig zuversichtlich, dass wir wieder unsere normalen, langweiligen Sachen tragen würden.

Dann sahen sie uns und waren fassungslos. Elliot konnte nicht aufhören zu kichern.

»Also, dann mal tschüs«, sagte ich.

In dem Moment kreischte eine Stimme hinter mir: »Aber wir machen das doch nicht etwa wirklich.«

»Oh doch«, antwortete ich entschlossen.

»Wir gehen wirklich so zur Schule?«, fragte Elliot. Dann blieb er stehen. »Luis, das kann ich nicht«, quiekte er. »Tut mir leid.«

Er sah so niedergeschlagen aus, dass ich ihn beruhigte: »Mach dir keine Sorgen. Du hast deine Sache unglaublich gut gemacht.«

Er strahlte für einen Augenblick regelrecht vor Stolz, bevor er schnell wieder die Treppe hinaufhuschte.

»Jetzt aber Beeilung«, rief Mum ihm nach, bevor sie hinzufügte: »Das gilt für euch beide.«

Dad meinte zuversichtlich: »Du kannst das alles mir überlassen.«

»Nun, wenn du dir sicher bist«, antwortete Mum. »Ich bin schon spät dran.«

Sie dachten wirklich, dass wir aufgaben. Also schlich ich hinter Elliot nach oben. Und kaum war Mum losgefahren, schlenderte ich wieder runter.

Dad stöhnte. »Ein Witz ist ein Witz.«

»Dad, ich sage dir das als Komiker: Ich mache keine Witze. Aber du kannst mich aufhalten. Sag einfach, dass du uns – oder eigentlich mir – zuhören wirst. Das ist alles, worum ich dich bitte.«

Dad zögerte tatsächlich, aber dann sah er Elliot, der die Treppe herunterkam. Er hatte seine Schulhose an, trug aber immer noch das Schlafanzugoberteil.

»Nein, ich lasse mich nicht erpressen. So kommunizieren wir in unserer Familie nicht.«

»Dann wünsche ich dir einen schönen Tag«, sagte ich. Ich bückte mich, schlüpfte in meine Schuhe und schritt entschlossen zur Haustür. Nachdem ich sie geöffnet hatte, blieb ich stehen: »Wie praktisch, dass es heute Morgen nicht allzu kalt zu sein scheint.«

Ja, ich schindete Zeit.

Das Letzte, was ich wollte, war, draußen im Schlafanzug herumzuspazieren. Aber das durfte ich Dad nicht spüren lassen.

Das alles war nur ein riesiger Bluff.

Als Nächstes öffnete ich die Haustür. »Ja, es ist ziemlich mild draußen«, verkündete ich. »Perfektes Wetter für einen frühmorgendlichen Spaziergang im Schlafanzug.«

Keine Reaktion von Dad.

»Also, tschüs noch mal«, rief ich.

Dann, ein paar Sekunden später: »Jetzt heißt es aber wirklich auf Wiedersehen!«

Und ein paar Sekunden danach: »ALSO ICH VERLASSE JETZT WIRKLICH DAS HAUS – IM SCHLAFANZUG.«

Ich drückte mich immer noch an der Türschwelle herum, als Dads Telefon klingelte und ich ihn sagen hörte: »Danke für deinen Rückruf, Giles. Was ich dich fragen wollte …«

Elliot schoss so schnell die Treppe runter, dass ich ihn gar nicht sah, sondern nur höre, wie er die Haustür mit einem ohrenbetäubenden Knall zuschlug. Dann rief er durch den Briefkastenschlitz: »Na los, Abmarsch.«

Was in aller Welt sollte ich jetzt bloß machen?

Die neue Schuluniform

Ich hatte zwei Möglichkeiten.

Entweder klingelte ich an der Haustür und schlich mich wieder hinein.

Oder ... oder ich laufe in meinem Nachtgewand durch die Straßen.

»Feigling, Feigling«, schrie Elliot durch den Briefkasten (so was von scheinheilig!).

Mit einem Gefühl, als würde ich das alles nur träumen, winkte ich ihm fröhlich zu und lief auf die Straße. Ich würde bestimmt nicht sehr weit kommen – Dad würde sein Telefonat sicher gleich beenden und mir hinterherlaufen.

Ich wurde sofort entdeckt. Zwei kleine Jungen – sogar noch winziger als Elliot – stiegen gerade in ein Auto. Sie hielten inne, zeigten auf mich und brüllten vor Lachen.

»Luis hat noch seinen Schlafanzug an«, johlten sie.

Ihre Mutter bemerkte mich daraufhin ebenfalls und lächelte mich verstört an. »H-a-l-l-o«, ächzte sie.

»Hallöchen, schönen Tag allerseits«, sagte ich lässig.

Sie rief mir nach: »Ist das für eine Fernsehsendung?«

»Könnte sein«, rief ich zurück.

Ich schlenderte weiter und überholte ein Mädchen aus meiner Schule, das zweimal hinsehen musste. »Luis, du weißt schon, dass du noch deinen Schlafanzug anhast?«

»Sei nicht albern«, sagte ich, »das ist die neue Schuluniform.«

»Wa-was?«

»Ja, dieser brandneue Look, den ich heute ausprobiere. Also, wie findest du ihn?«

»Wa-was?«, wiederholte sie.

»Er ist irre bequem und ideal, wenn man zwischendurch ein bisschen Karate machen will«, fuhr ich fort, »darum werde ich ihn auf jeden Fall weiterempfehlen.«

»Du gehst so in den Unterricht?«, rief sie.

»Natürlich, und bald werden sich alle so anziehen. Aber du hast es zuerst gesehen.«

Ich ging an ihr vorbei, als wäre es das Selbstverständlichste auf der Welt.

Niemand würde vermuten, welche Frage mich währenddessen unentwegt beschäftigte.

Wollte ich wirklich im Schlafanzug in der Schule aufschlagen?

8.45 Uhr

Ich war gerade in die nächste Straße eingebogen, als mich ein Mädchen aus meinem Jahrgang sah und gar nicht mehr aufhören konnte zu lachen. »Du bist so durchgeknallt«, grölte sie. »Darf ich dich fotografieren?«

»Natürlich«, erwiderte ich. Während sie ein Foto nach dem

anderen knipste, hielt neben uns ein Auto. »Steig ein, Luis«, drängte mich Dad heiser.

»Sehr nett von dir«, erwiderte ich, »aber ich gehe wirklich gern zu Fuß. Und wenn du nicht bereit bist, mir zuzuhören –«

»Steig einfach ein!«, herrschte Dad mich an.

Aber ich winkte ihm nur vage zu. Ich würde jetzt auf keinen Fall nachgeben. Dann hörte ich einen lauten Pfiff – wider Erwarten kam er nicht von Dad, sondern von zwei Männern in einem Lieferwagen, die krakeelten: »Hey, Dornröschen!«

Ich grinste sie an, beschleunigte aber meine Schritte. Als ich beim Schultor ankam, posierte ich noch dreimal für Fotos. Eine ganze Traube Schüler hatte sich hinter mir versammelt, während Autofahrer abbremsten und mich verwundert anstarrten.

Ein Auto folgte mir sogar durch das Schultor (obwohl es Eltern strengstens untersagt ist, das zu tun).

»Luis!«, kreischte Dad durchs Fenster. »Hör mir zu, wir verstehen deine Sorgen und sehen ein, dass wir uns mit ihnen auseinandersetzen müssen.«

Ich drehte mich um. Erleichterung durchflutete mich. Endlich! Um ehrlich zu sein, hatte ich mich nicht übermäßig darauf gefreut, in meinem Pyjama-Look im Unterricht zu erscheinen.

»Wir halten heute Abend eine Familiensitzung ab«, versprach Dad. »Also komm mit nach Hause und zieh dich um.«

Da meine Mission somit erfüllt war, konnte ich genau das tun.

Doch da hörte ich, wie jemand meinen Namen zischte. Ein sichtlich aufgewühlter Dunky kam auf mich zugeeilt.

War ja klar, dass er heute Aufsicht haben würde.

Er zeigte auf mich, während er wie ein Ballon anschwoll.

»Was soll diese ungewöhnliche Verkleidung?«, stammelte er, während die Menge um mich herum immer größer wurde.

Ich taumelte zurück. »Was mache ich hier?« Dann sah ich ihn aus riesigen, verwirrten Augen an. »Ich verstehe das nicht ... Ich lag in meinem Bett eingemummelt und plötzlich bin ich hier. Ich muss den ganzen Weg zur Schule geschlafwandelt sein, Sir.« Bevor Dunky etwas erwidern konnte, rief ich: »Gott sei Dank, da ist ja mein Dad, der mich nach Hause bringen kann.« Ich purzelte in Dads Auto, er stieg aufs Gas, und wir brausten in einem Tempo vom Schulhof, das einen Fluchtwagen vor Neid erblassen lassen würde.

9.15 Uhr

Ja, ich bin wieder in der Schule und trage meine normale, öde Uniform. Weißt du, was ich denke? Einmal in der Woche sollten wir alle in unseren Schlafanzügen in die Schule kommen dürfen, auch die Lehrer. Dann wären alle viel entspannter. Das würde das Arbeitsklima deutlich verbessern, und mal ehrlich: Das wäre auch dringend nötig.

Überall tauchen Fotos von mir im Schlafanzug auf und Dunky möchte mit mir sprechen. Ich glaube nicht, dass er sich erkundigen will, wo ich meine Nachtwäsche kaufe.

Aber das spielt überhaupt keine Rolle. Wichtig ist nur, dass mein Pyjama-Protest tatsächlich funktioniert hat.

Ich habe es geschafft!

16.32 Uhr

Spoiler-Alarm.

Nein, ich habe es doch nicht geschafft.

Ich hatte mich ausnahmsweise auf eine Familiensitzung gefreut. Wem würde es keinen Spaß machen, sich anzuhören, wie seine Eltern sich bei ihm entschuldigen?

Ich beschloss, dass ich Mum und Dad nicht allzu sehr leiden lassen würde. Sobald sie ihre Fehler zugegeben und auf einen Stapel Comics geschworen hatten, mir für den Rest ihres Lebens nie wieder zu verbieten, im Vlog von Noah und Lily zu erscheinen, würde ich die Sache auf sich beruhen lassen.

»Wir haben euch beiden genau zugehört«, begann Mum.

»Aber ich habe doch gar nichts gesagt«, unterbrach Elliot.

»Du hast eine Menge gesagt, als du im Schlafanzug in die Schule gehen wolltest«, murmelte ich.

»Und ich stimme euch zu«, fuhr Mum fort. »Wir haben euch bei den Hausaufgaben viel zu sehr unter Druck gesetzt. Von nun an werden wir euch nur noch Vorschläge unterbreiten, wie ihr eure Hausaufgaben besser machen könnt. Wir hoffen natürlich, dass ihr unseren Anregungen folgen werdet, aber die endgültige Entscheidung liegt bei euch, nicht bei uns.«

»Und Luis, wenn du möchtest, dass dein Freund Edgar dir hilft, ist das völlig in Ordnung.« Dad grinste mich an.

Das zeigt nur, was für einen schlechten Geschmack meine Eltern haben.

»Das soll aber nicht heißen, dass Edgar alle Aufgaben für dich schreibt«, wandte Mum ein.

»Aber manchmal kann es leichter sein, jemanden um Hilfe zu bitten, der im gleichen Alter ist, und nicht so alte Knacker wie uns. Das sehen wir jetzt ein und das hätte uns schon früher klar sein müssen.« Dad blickte Elliot und mich an, als hätte er etwas höchst Bedeutungsvolles gesagt. Aber nichts von alldem ließ mich vor Freude herumspringen. Ich wartete noch auf das Beste, das bestimmt gleich kommen würde.

Doch es kam nicht.

Mum und Dad hatten uns nichts weiter zu sagen. Dad erkundigte sich noch, ob wir irgendwelche Fragen hätten.

»Können wir diese grässlichen Blockflöten jetzt wegpacken?«, fragte Elliot.

Dad sah schockiert aus. »Aber das ist eine Herausforderung für die ganze Familie. Ab morgen üben wir ›Ein Männlein steht im Walde‹.«

Elliot schluckte entsetzt.

Dann stellte ich meine Frage. »Was ist mit Sonntag und dem Vlog von Noah und Lily?« Ich wartete mit angehaltenem Atem.

Mum und Dad rutschten peinlich berührt hin und her. Es entstand eine kleine Pause. »Im Augenblick können wir dir das noch nicht erlauben«, begann Dad ruhig. »Eines Tages können wir natürlich –«

»Dann habt ihr mich unter Vorspiegelung falscher Tatsachen aus meinem Schlafanzug geholt«, rief ich wutentbrannt.

»Das ist der Teil vom Elternsein, den ich am wenigsten mag«, seufzte Dad. »Nämlich Nein sagen zu müssen. Aber wir sind euch entgegengekommen, nun müsst ihr auch einen Kompromiss eingehen.«

»Wir wollen nur sicherstellen, dass ihr eine Chance habt, wirklich etwas zu erreichen«, ließ Mum sich vernehmen.

»Aber am Sonntag werde ich wirklich etwas erreichen«, beharrte ich. Das übergingen sie völlig (wenn Eltern etwas nicht hören wollen, dann hören sie es einfach nicht).

»Möchte einer von euch beiden noch etwas sagen?«, fragte Dad.

Ich hätte gerne noch etwas gesagt, nämlich: »Ich weiß, dass ihr meine Eltern seid. Aber es gibt Zeiten, da würde ich euch am liebsten in eine ferne Galaxie beamen. Und genau so eine Zeit ist gerade.«

Aber was würde es bringen? Maddy hatte recht, sie standen unter einem machtvollen Bann, den ich im Moment nicht brechen konnte.

Dad rieb sich die Hände und erklärte: »Ich finde, das war eine außerordentlich hilfreiche Sitzung.«

Er schien nicht einmal zu bemerken, was für lange Gesichter Elliot und ich machten – oder wie niedergeschlagen wir die Treppe hochschlichen.

21.05 Uhr

Bevor ich über Nacht mein Handy abgeben musste, hatte ich noch eine kurze, aber geniale Unterhaltung mit Maddy.

Sie sagte: »Also gut, deine Mum und dein Dad wollen einfach keine Vernunft annehmen. Aber wir kämpfen weiter.«

»Toll. Und wie?«

»Du musst am Sonntag abhauen, ohne dass sie es merken.«

»Das könnte ganz schön haarig werden«, erwiderte ich.

»Aber du schaffst das«, meinte Maddy. »Ich helfe dir dabei.«

Jetzt schäme ich mich, dass ich mich so habe runterziehen lassen.

Maddy hat völlig recht.

Ich gebe mich noch nicht geschlagen.

Die große Flucht

Freitag, 7. März
8.07 Uhr

Maddy hat geschrieben. Ich solle den Ball flach halten und meinen Eltern nicht den kleinsten Hinweis darauf geben, dass ich am kommenden Sonntag einen Ausbruch plane. Aber wie kann ich für mehrere Stunden einfach verschwinden, ohne Verdacht zu erregen? Maddy sagt, dass sie daran arbeitet.

8.09 Uhr

Beim Frühstück lächeln meine Eltern unentwegt. Sie denken offenbar, sie hätten gewonnen.

16.25 Uhr

»Ein Männlein steht im Walde« ist ohne Zweifel das grässlichste Lied der Welt. Aber wenn man es laut und völlig falsch spielt, ist es an Grausamkeit kaum zu überbieten. Schweißperlen bildeten sich auf Dads Stirn, während er versuchte, uns die Melodie richtig beizubringen. Am Ende schrie Elliot: »Wenn ich mir das noch länger anhören muss, fallen mir die Ohren ab!«

Stunden, nachdem wir aufgehört hatten, vibrierte das Wohnzimmer immer noch.

19.40 Uhr

Ich hatte gerade eine höchst geheime Unterhaltung mit Maddy, die, wie ihr sicher erraten habt, noch in der Schule ist.

Hier ist die Strategie, die sie für den Sonntag entworfen hat:

Am Nachmittag sage ich meinen Eltern, dass ich Edgar besuchen gehe.

Ich wollte sofort Einspruch erheben, fand dann aber, dass es vielleicht doch eine gute Idee ist, zumal meine Eltern aus irgendeinem Grund glauben, Edgar sei mein Freund. Ich schlug also vor, dass ich ihnen erzählen könnte, Edgar würde mir bei den Hausaufgaben helfen. (Ich muss also daran denken, ein paar Schulbücher mitzunehmen.)

Danach gehe ich tatsächlich zu Edgar. Dort wird schon ein Taxi auf mich warten, das mich blitzschnell zu Noah bringt.

»Die Sache ist nur die« – ich hielt peinlich berührt inne – »dass ich nicht sicher bin, ob ich genug Geld habe, um ...«

»Keine Sorge, Edgar wird dir den Rest leihen«, meinte Maddy.

»Echt?« Ich konnte es nicht fassen.

»Ihm ist klar, dass es sich um einen absoluten Notfall handelt«, fuhr Maddy fort.

Wir rechneten aus, dass die Fahrt von Edgar zu Noah und Lily etwa zwanzig Minuten dauern würde. Das Video aufzunehmen, wird dann maximal eine Dreiviertelstunde dauern, die

Rückfahrt wieder zwanzig Minuten. Ich könnte also in weniger als zwei Stunden wieder zurück sein, ohne dass meine Eltern Verdacht schöpften.

Samstag, 8. März

17.02 Uhr

Mum und Dad waren sofort damit einverstanden, als ich ihnen eröffnete, dass ich morgen Edgar besuchen wollte.

Dad fragte sogar: »Spielt Edgar irgendwelche Musikinstrumente?«

»Ich schätze ja«, sagte ich.

»Nun, dann könnte er doch mal zu uns kommen und uns alle inspirieren«, schlug Dad gut gelaunt vor.

»Vielleicht«, sagte ich ohne rechte Begeisterung.

»Ich freue mich, dass du morgen etwas Zeit mit Edgar verbringen wirst«, flötete Mum.

Ja, und zwar ganze zwanzig Sekunden, während er mir das Restgeld für die Taxifahrt gibt, was echt großzügig von ihm ist.

»Er ist ein Mensch, den kennenzulernen sich lohnt«, fuhr Mum fort. »Gut gemacht, Luis.«

Ich habe sie also zum Narren gehalten. Meine Eltern glauben tatsächlich, dass ich die größte Chance meines Lebens fahren lasse, um stattdessen mit Edgar zusammen Hausaufgaben zu machen. Sie wollen vermutlich unbedingt, dass es so ist, darum konnte ich sie so leicht überlisten.

20.03 Uhr

Ich habe Noah und Lily vorhin schon geschrieben, dass ich

morgen auf jeden Fall für die Aufzeichnung da sein werde. Das wird sie sicher beruhigen.

Sonntag, 9. März

10.20 Uhr

Mum und Dad haben gesagt, dass ich Edgar jederzeit zu uns einladen kann. Und ich schaffte es irgendwie, so zu tun, als würde ich mich irre darüber freuen. Ich habe eindeutig schauspielerisches Talent. Wer hätte das gedacht?

11.01 Uhr

Elliot schöpfte als Einziger Verdacht.

»Wozu in aller Welt gehst du zu Edgar?«, wollte er wissen.

»Na, um mal von dir wegzukommen.«

»Aber ich werde gar nicht da sein«, sagte Elliot. »Ich bin den ganzen Tag bei meinem Freund Marty.«

»Marty hat mein tiefes Mitgefühl. Aber wieso kann ich nicht auch einen Freund besuchen?«

»Weil du Edgar nicht ausstehen kannst«, rief Elliot.

»Stimmt ja gar nicht. Ich hänge sogar sehr gerne mit ihm ab.«

Elliot rückte näher an mich heran. »Also gut, was hast du mit dem echten Luis gemacht?«, fragte er. »Und wer bist du?«

Ich war erleichtert, als Elliot kurz darauf zu Marty aufbrach.

11.26 Uhr

Wenn mein Leben einmal verfilmt wird (und das wird bestimmt passieren), dann wird der Showdown minutiös zeigen, wie ich aus diesem Haus des Grauens entkomme.

Wie fühle ich mich? Nun, ich bin aufgeregt und angespannt, aber vor allem habe ich Angst, dass in letzter Minute noch etwas schiefgehen und meinen Plan vereiteln könnte.

12.02 Uhr

Eine Mitarbeiterin meiner Mutter ist gerade aufgetaucht, zusammen mit ihrem Mann, und schon wurde ich unruhig. Was, wenn wir dadurch erst später mit dem Mittagessen anfangen können? Das darf nicht passieren. Ich muss um Punkt vierzehn Uhr das Haus verlassen.

13.40 Uhr

Das Paar, Greg und Samantha, sind zum Essen geblieben. Verflixt, dachte ich, aber zum Glück konnten wir trotzdem gleich anfangen. Und meine Eltern waren abgelenkt, weil sie den Tisch für zwei Personen mehr decken mussten. Ich habe ihnen dabei geholfen.

Und dann ist etwas total Irres passiert.

Samantha fing an, über Noah und Lily zu reden. Ich kann dir sagen, das war vielleicht ein Schock. Aber anscheinend ist ihre Tochter ein großer Fan der beiden. Du hättest sehen sollen, wie meinen Eltern das Lächeln auf den Gesichtern gefror, als sie das gehört haben.

»Du warst zweimal in ihrem Vlog, nicht wahr, Luis?«, fragte Samantha.

»Sogar dreimal«, sagte ich grinsend. »Aber wer zählt schon mit?«

»Dann essen wir ja mit einem Star«, gurrte Samantha.

Ich lächelte bescheiden. »Ich lebe immer noch ganz schlicht.«

»Ich habe gehört, dass du zum Schieflachen warst«, sagte Samantha. »Meine Tochter und ihre Freunde haben total von dir geschwärmt.«

Ein sehr seltsamer Ausdruck erschien auf Mums Gesicht. Hatte sie Schuldgefühle? Könnte wirklich sein.

»Und wann wirst du wieder bei Noah und Lily sein?«, erkundigte sich Samantha.

Einen irren Augenblick lang wollte ich ausrufen: »In etwa zwei Stunden.« Aber das war viel zu gefährlich, also ließ ich Mum für mich antworten.

»Luis kann erst wieder hin, wenn er sich neben seinen ganzen anderen Aktivitäten etwas Zeit freischaufeln kann«, sagte sie ruhig.

13.58 Uhr

Ich wollte gerade das Haus verlassen, da rief Mum mich zurück.

Ich wartete mit angehaltenem Atem, aber Mum lächelte. »Richte Edgar schöne Grüße von uns aus.«

»Klar, mache ich.«

Dann sah Mum die Schulbücher, die ich unter den Arm geklemmt hatte (ja, ich hatte daran gedacht). »Und arbeitet heute Nachmittag nicht zu hart.«

Was das betraf, hätte ich sie beruhigen können.

Und das war's auch schon.

Ich war frei.

13.59 Uhr

Ich schätze, für die Verfilmung müsste noch ein bisschen mehr Spannung reingebracht werden.

14.09 Uhr

So schnell ich konnte, lief ich zu Edgar. Er wartete vor dem Haus, wo bereits das Taxi stand.

»Hey, danke Kumpel«, sagte ich und grinste breit.

Aber Edgar grinste nicht zurück. Er sah grimmig drein, als hätte er die Schnauze voll. Er wird auf jeden Fall aus meinem Film rausgeschnitten.

»Und mach dir keine Sorgen«, sagte ich. »Ich zahle dir alles zurück. Könntest du mir etwas leihen, um –?«

»Ich komme mit«, unterbrach er mich und sah bei dieser Ankündigung sogar noch niedergeschlagener aus, falls das überhaupt möglich war.

Zwanzig Minuten lang mit Edgar in einem Taxi eingepfercht zu sein, würde mich in den Wahnsinn treiben. Darum sagte ich hastig: »Das brauchst du nicht. Ich bin sicher, du würdest sowieso viel lieber zu Hause bleiben und noch ein paar Gedichte raushauen.«

Edgar hob überheblich den Kopf. »Ich habe Gedichte noch nie ›rausgehauen‹, wie du es formulierst, und ich habe seit einigen Tagen kein einziges geschrieben. Heute Nachmittag hatte ich eigentlich vor, für einen alten Herrn aus der Nachbarschaft das Modell einer Concorde zu reparieren. Aber ich habe Maddy versprochen, dass ich dich begleiten würde.«

»Ach ja? Das hat sie gar nicht erwähnt. Du wirst dich entsetzlich langweilen«, fügte ich hinzu.

»Daran hege ich keinerlei Zweifel, aber Maddy hat darauf bestanden. Wollen wir jetzt abfahren?«

Ich schätze, es hätte schlimmer kommen können, zum Beispiel wenn er ein paar seiner Gedichte dabeigehabt und laut vorgetragen hätte.

Aber es war auch so ziemlich lästig.

Was hat Maddy sich nur dabei gedacht?

14.20 Uhr

Ich versuchte, mich mit Edgar zu unterhalten. »Du sagtest, du hättest seit Tagen keine Gedichte geschrieben. Wie kommt das?«

»Ich habe eine Schreibblockade«, entgegnete er unwirsch.

Um die Stimmung etwas aufzulockern, sagte ich: »Unsere Spüle in der Küche hat auch ständig Blockaden, weil sie mit Essensresten verstopft ist. Vielleicht solltest du dir einen Pümpel besorgen.« Dann lachte ich über meinen eigenen Witz.

»Ich habe nicht erwartet, dass wir eine intelligente Unterhaltung führen würden«, entgegnete Edgar. »Und ich habe mich nicht geirrt.«

Aufgeblasener Hirni, dachte ich. Aber ich musste zugeben, wenn er mir nicht das fehlende Geld geliehen hätte, müsste ich mich jetzt mit dem städtischen Nahverkehr herumschlagen.

Also sagte ich: »Danke noch mal fürs Leihen.«

»Maddy bat mich darum.«

»Die gute alte Maddy«, erwiderte ich. »Ich wette, du vermisst sie immer noch sehr, genau wie ich.«

»Natürlich«, antwortete er erbost. »Was für eine dumme ...«, er zögerte, »... Frage.« Dann starrte er wutentbrannt aus dem Fenster, und mir wurde klar, dass er mit aller Macht versuchte, nicht in Tränen auszubrechen.

Ich wechselte das Thema. »Was weißt du so über Noah und Lily?«

Edgar wandte sich langsam vom Fenster ab. Dann atmete er tief ein. »Nichts. Ich habe noch nie von den beiden gehört.«

»Wow.« Ich war aufrichtig beeindruckt. »Ich kann kaum glauben, dass irgendein Teenager es geschafft hat, noch nie von Noah und Lily gehört zu haben.«

»Ich bin eben ganz anders gestrickt als meine Altersgenossen«, erklärte Edgar.

»O-kay«, sagte ich langsam. »Soll ich dir vielleicht etwas über Noah und Lily erzählen?«

Edgar lächelte schmallippig. »Ein bisschen Extrabildung kann niemals schaden, schätze ich.«

14.31 Uhr

Edgar bezahlte den Fahrer und bat ihn, in fünfundvierzig Minuten wiederzukommen. Wir stiegen aus.

Ich stand vor Noahs Haus und fühlte mich wie ein Held.

Allen Widrigkeiten zum Trotz hatte ich es geschafft.

In meinem Kopf konnte ich den Kommentar zu meinem Film hören.

Ein Junge allein gegen den Rest der Welt. Aber nichts kann Luis aufhalten. Er ist auf der Überholspur.

Der grinsende George

15.20 Uhr

Nachdem ich Edgar meine Schulbücher gereicht hatte, klingelte ich an der Haustür. Ich war unheimlich gut drauf, genau wie bei meinem ersten Besuch hier. Noahs Mutter öffnete, und genau wie damals lächelte sie einladend und sagte: »Willkommen in unserer Vlogger-Familie.« Der einzige Unterschied bestand darin, dass sie dabei diesmal nicht mich ansah.

Stattdessen galt ihr strahlender Willkommensgruß jemandem, der gerade eilig einem schicken Auto entstieg. Der Junge war etwas älter als ich und hatte ein langes, schmales Gesicht, das durch seine nach oben gegelten Haare noch länger wirkte.

Und dann erkannte ich ihn.

Er war der grinsende George, ein angesagter neuer Vlogger, der stets lustige Sachen über sein Leben erzählte. Er riss keine Witze. Es waren mehr so allgemeine Beobachtungen. Außerdem machte er dauernd verrückte Sachen. Das Video, in dem er neulich zum Frühstück einen Wurm gegessen hatte, war viral geworden.

Aber was wollte er hier?

George sagte affektiert zu Noahs Mutter: »Wie schön, Noah und Lily mal wiederzusehen.«

»Und sie sind dir unheimlich dankbar, dass du so schnell einspringen konntest«, antwortete sie. »Komm doch rein.«

Der grinsende George ging lässig an Edgar und mir vorbei. Dann entblößte er seine glänzenden Beißerchen und verteilte signierte Fotos an uns, auf die er gekritzelt hatte: *Ich hab's voll drauf. Der grinsende George.* Danach stolzierte er ins Haus wie ein A-Promi, der in einen exklusiven Nachtclub gebeten wird.

»Geh einfach durch die Küche und fühl dich wie zu Hause. Ich komme gleich«, rief Noahs Mutter ihm nach.

Ein eiskaltes Unbehagen hatte Besitz von mir ergriffen. Warum tat Noahs Mutter, als wären wir unsichtbar? Und warum in aller Welt war der grinsende George plötzlich aufgetaucht? Wir konnten ja wohl nicht beide im selben Video auftreten. Ob sie heute gleich zwei aufnehmen wollten?

Noahs Mutter senkte ihren Kopf in unsere Richtung. »Luis, was machst du denn hier?«

»Aber ich werde erwartet. Ich habe Noah und Lily geschrieben, dass ich es schaffe. Haben sie Ihnen das nicht gesagt?«

»Deine Eltern haben unmissverständlich klargemacht«, antwortete sie, »dass du bis auf Weiteres keine Videos mit uns drehen darfst.«

»Ach, das brauchen Sie nicht zu beachten«, meinte ich zuversichtlich. »Wissen Sie, meine Eltern mussten zwei Elternabende an zwei aufeinanderfolgenden Tagen besuchen. War doch klar, dass das höchst merkwürdige Verhaltensweisen auslösen würde. Jetzt haben sie sich wieder gefangen und freuen sich, wenn ich heute hier dabei sein kann.«

Noahs Mutter schürzte ungläubig die Lippen. »Wenn ich sie jetzt also anrufe, werden sie das bestätigen?«

»Aber natürlich«, flunkerte ich. »Doch machen Sie sich bitte keine Umstände. Sie sind eine viel beschäftigte Frau, müssen Türen aufmachen und all so was. Aber gut, wenn Sie mir nicht glauben, dann fragen Sie ihn.« Ich deutete auf Edgar. »Haben Sie je ein vertrauenswürdigeres Gesicht gesehen? Alles, was ich sage, ist die reine Wahrheit, stimmt's?«

Edgar machte ein entsetztes Gesicht und schluckte hart. »Ich kann seine Behauptung untermauern«, sagte er leise und gepresst. Danach bekam er einen kleinen Hustenanfall.

»Sehen Sie?«, sagte ich zuversichtlich.

Noahs Mutter sah mich lange und eindringlich an. »Es tut mir sehr leid, Luis, aber sie haben für heute schon jemand anderen gefunden. Ich mache dir einen Vorschlag. Wenn ihr beide jetzt sofort wieder heimfahrt, werde ich deinen Eltern nicht verraten, dass –«

»Darf ich Noah und Lily wenigstens sehen?«, unterbrach ich sie verzweifelt. »Nur für eine Minute?«

»Aber sie beginnen gleich mit der Aufnahme«, rief sie. »Ihr müsst jetzt wirklich gehen.«

Und mit diesen Worten schlug sie uns die Tür vor der Nase zu.

»Noah!«, schrie ich so laut ich konnte.

»Bist du von allen guten Geistern verlassen, auf der Straße herumzubrüllen?«, fragte Edgar.

Verstand er denn nicht? »Ich rufe nach Noah, er hat gesagt, ich sei sein ausgefuchster Freund.« Erneut rief ich: »Noah!«

»Hör sofort damit auf, so herumzubrüllen.« Edgars Stimme war fast so laut wie meine. »Noah ist nicht dein Freund.«

»Woher willst du das wissen? Du bist ihm nie begegnet. Vor einer halben Stunde wusstest du noch nicht einmal, wer er ist.«

Edgar spöttelte: »Er hat reichlich Gelegenheit gehabt, mit dir Kontakt aufzunehmen, aber ganz offensichtlich war ihm nicht daran gelegen. Ich rufe jetzt das Taxi, damit wir unsere Heimfahrt antreten können. So kannst du wenigstens abreisen und dabei dein Gesicht wahren.«

Ich hätte Edgar gern widersprochen.

Aber ausnahmsweise konnte ich das nicht.

15.30 Uhr

Auf der Heimfahrt im Taxi habe ich mich gedanklich ausgeklinkt und kaum ein Wort mit Edgar gewechselt. Er saß kerzengerade neben mir und sah fast so unglücklich aus, wie ich mich fühlte. Dann fuhr das Taxi vor Edgars Haus vor. Er bezahlte und wir kletterten hinaus.

Edgar reichte mir feierlich meine Schulbücher und fragte: »Was soll ich eigentlich damit?« Er hielt das vom grinsenden George signierte Foto hoch, als wäre es ein besonders ekliger Nasenpopel.

»Häng's dir an die Wand.« Ich grinste.

Edgar lachte sogar kurz, bevor er unerwartet fragte: »Möchtest du mit ins Haus kommen und ein paar Steine berühren?«

Ich dachte, ich hätte mich verhört.

»Ich habe einen Achat, den ich besonders empfehlen kann«,

fuhr er fort. »Man nimmt ihn in die Hand und lässt ihn durch die Finger gleiten. Dabei denkt man daran, dass er schon seit Millionen von Jahren genau diese Form hat. Danach kommen einem alle Sorgen und Enttäuschungen mickrig vor.«

Stell dir vor, Edgar meinte das völlig ernst. Es gelang mir, nicht darüber zu lächeln. »Vielleicht ein andermal«, sagte ich.

15.50 Uhr

»Schon wieder zurück? Hattest du einen schönen Nachmittag?«, erkundigte sich Mum gut gelaunt.

»Nein, denn ihr habt ihn völlig versaut«, hätte ich gerne zurückgegeben. Und ich hätte es gemacht, wenn ich gewusst hätte, dass sie sich dann mies fühlen würden. Aber ich wusste, dass Mum und Dad sich bloß aufregen würden, weil ich zu Noah gefahren war. Außerdem gefiel es mir irgendwie, dass sie nichts von meinem heimlichen Ausflug wussten. (Noahs Mutter schien Wort gehalten zu haben.)

Aber ich werde nicht vergessen, was sie mir angetan haben. Das kommt auf jeden Fall in meine Autobiografie. Das heißt, falls es jemals eine geben wird, da mein Leben wieder völlig normal verläuft. *NORMAL*. Eins der schrecklichsten Wörter, direkt nach *Hausaufgaben, Schule, Nachsitzen* – und natürlich *Dunky*.

18.45 Uhr

Ich habe gerade etwas sehr Dummes gemacht. Ich habe mir das letzte Video von Noah und Lily angesehen. Ja, genau das, in dem ich hätte dabei sein sollen. Frag mich nicht, warum. Und natürlich war es furchtbar. Jedenfalls für mich. Noah und

Lily schienen mit ihrem neuen besten Freund, dem grinsenden George, einen Heidenspaß zu haben. Mich erwähnten sie kein einziges Mal. Am Ende verkündeten sie, dass der grinsende George ihr neuer Herzschmerz-Berater sei. Damit heißt es für mich Ende Gelände.

Sie berichteten auch, dass sich so viele für die grässliche Baskenmütze interessierten, die Lily für Noah entworfen hatte – und die er immer noch trug –, dass es jetzt eine begrenzte Anzahl davon für je 25 Pfund zu kaufen gab. Die hätte ich nicht mal geschenkt genommen!

Ich werde mir Noah und Lily nie wieder ansehen oder etwas über sie lesen. Zu viele Erinnerungen.

21.20 Uhr

Kurz bevor meine Eltern wie jeden Abend mein Handy einkassierten, bekam ich eine Nachricht von Maddy. Ich hatte ihr natürlich in allen scheußlichen Einzelheiten berichtet, wie der Nachmittag verlaufen war. Aber sie erwähnte es nur am Rande. Stattdessen schrieb sie ... nun, lies selbst.

Luis, vergiss den heutigen Tag. Ich habe etwas viel Aufregenderes entdeckt. Damit könnten all deine Träume endlich wahr werden. Ich muss morgen dringend mit dir reden. Wir haben nicht viel Zeit, es eilt! In Liebe, Maddy.

Was für eine unglaubliche Nachricht! Und was ist das Aufregendes, das all meine Träume endlich wahr werden lassen kann?

Ich platze vor Neugierde.

Heimliches Casting

Montag, 10. März
20.30 Uhr

Gerade habe ich mit Maddy geskyped.

Sie hat laut vorgelesen: »*Bist du unter sechzehn?*«

»So steht's in meinem Ausweis.«

»*Hast du immer schon von einer Schauspielkarriere geträumt, obwohl du keinerlei Erfahrung hast?*«

»Volltreffer«, flüsterte ich.

»*Dann ist das deine einmalige Chance, Luis* ... Luis steht hier natürlich nicht«, fügte Maddy unnötigerweise hinzu.

Sie erklärte, dass eine amerikanische Produktionsfirma, Castel Films, in England einen Film dreht, der in einer amerikanischen Schule in der Nähe von Winchester spielt. Die meisten Schauspieler wären also Amerikaner. Aber es gäbe eine wichtige Nebenrolle, einen britischen Jungen. Der Schauspieler, der für die Rolle vorgesehen war, hatte im letzten Moment absagen müssen. Darum hatte man beschlossen, einen völlig unbekannten Jungen dafür zu casten.

»Und jetzt hör dir das an, Luis«, rief Maddy aufgeregt. »*Der britische Junge soll gut gelaunt sein, Witz haben und oft in Schwierigkeiten geraten, weil er nichts so sehr liebt, wie die Leute zum Lachen zu bringen …*« Sie hielt inne. »Hallo? Bist du noch da?«, fragte sie.

»Ja … ja, es ist nur …« Meine Stimme begann zu zittern. »Ich kann es nicht glauben. Das bin ja ich, oder?«

»Das bist du, wie du leibst und lebst.« Einen Augenblick lang konnte keiner von uns etwas sagen. Schließlich las Maddy weiter vor: »*Schick uns eine fünfminütige Aufnahme, in der du redest, etwas aufführst und dich mit Freunden unterhältst … alles, was belegt, dass du für die Rolle geschaffen bist. Wir suchen nach jemandem, dessen Persönlichkeit einen regelrecht von der Leinwand anspringt.*« Maddy hörte auf zu lesen und sah mich direkt an. »Du brauchst also gar nicht zu schauspielern. Sei einfach du selbst, Luis.«

»Ich werde jede Menge Witze erzählen«, überlegte ich.

Maddy nickte begeistert. »Das Problem ist nur: Ich habe gerade erst herausgefunden, dass der Anmeldeschluss schon an diesem Donnerstag ist, dem dreizehnten.«

»Das ist in Ordnung, es ist noch genug Zeit«, meinte ich. »Ich drehe morgen das Video und schicke es dir sofort. Ich habe sogar schon Teile meiner Nummer mit dem Handy aufgenommen und –«

»Handyvideos können sehr wackelig aussehen«, unterbrach Maddy mich. »Ich glaube, du brauchst eine richtige Kamera.«

»Aber ich habe keine.«

»Du nicht, aber Edgar«, meinte Maddy.

»Meinst du, er würde sie mir leihen?«

»Da bin ich mir sicher, und ich möchte, dass du dir auch Edgar leihst. Ich meine damit, dass er dich filmen soll.«

Noch vor ein paar Tagen hätte ich nicht einmal in Erwägung gezogen, Edgar zu beteiligen. Aber seit gestern hatte ich sogar ein paarmal fast etwas Nettes über ihn gedacht. Vielleicht ist er gar keine so grässliche Nervensäge, wie ich immer geglaubt habe.

Maddy fuhr fort: »Edgar ist sehr geschickt im Umgang mit seiner Kamera. Er zoomt genau im richtigen Moment rein und raus.«

»Solange er dabei keins seiner Gedichte zum Besten gibt, soll es mir recht sein«, antwortete ich. Dann fügte ich hinzu: »Maddy, dir ist schon klar, dass du für alle Zeiten die internationalen Vertretungsrechte meiner Karriere hast, nicht wahr?«

20.50 Uhr

Da wäre nur ein Problem – meine Eltern. Ich wage nicht, ihnen von meinem Vorhaben zu erzählen. Sie stehen unter so einem machtvollen Bann, dass sie mir rigoros verbieten würden, an dem Casting teilzunehmen. Darum werde ich einfach behaupten, dass Edgar morgen nur vorbeikommt, um bei mir abzuhängen.

20.51 Uhr

Ich muss Edgar sagen, dass er seine Kamera gut tarnen soll.

21.08 Uhr

Edgar hat mir gerade geschrieben, ihm sei völlig klar, wie wichtig es sei, dass wir unentdeckt bleiben, und dass er keine Mühen scheuen wird, mir morgen dabei zu helfen, meine Eltern hinters Licht zu führen. Selbst ihm ist bewusst, dass es um die Wurst geht.

21.09 Uhr

Wer braucht schon Noah und Lily – wenn das Schicksal eine Karriere als Filmstar bereithält?

Dienstag, 11. März

16.40 Uhr

Mum und Dad sind begeistert, das Edgar heute Abend vorbeikommt. Sie sind fest davon überzeugt, dass er einen guten Einfluss auf mich ausübt. Nur Elliot schöpfte wieder einmal Verdacht.

»Warum in aller Welt hast du ihn eingeladen?«, wollte er wissen.

»Ich scheine mich in einen Intellektuellen zu verwandeln«, erwiderte ich.

16.55 Uhr

Ich habe meinen Eltern gesagt, Edgar sei sehr schüchtern und dass ich es sehr zu schätzen wissen würde, wenn nicht ständig jemand in mein Zimmer gestürmt käme, während er da sei.

»Du bist wirklich sehr einfühlsam«, fand Dad.

18.50 Uhr

Edgar ist mit einer riesigen Tasche voller Steine angekommen. »Ich habe alle mitgebracht, die du sehen wolltest, darunter einen wunderschönen Feueropal.«

»Oh, genial, ich kann es kaum erwarten, den Feueropal zu studieren«, erwiderte ich und genoss dabei den erstaunten Gesichtsausdruck meiner Eltern.

Oben zischte Edgar aufgeregt: »Wie ich erwartet habe, eignet sich meine Steinsammlung wunderbar als Tarnung hierfür.« Und er zog unter seiner Jacke eine total beeindruckende Kamera hervor.

19.25 Uhr

Edgar begann sofort zu filmen.

»He, ich bin doch noch gar nicht fertig.«

»Keine Sorge, ich filme dich noch gar nicht«, sagte Edgar und zoomte mit der Kamera in meinem Zimmer herum.

»Und was machst du dann?«, fragte ich.

»Ich erzeuge Atmosphäre. Das ist sehr wichtig«, erklärte er.

19.48 Uhr

Schließlich begann ich meine Vorstellung. In die Kamera lächelnd sagte ich: »Wie geht es euch? Ich bin Luis, auch bekannt als Luis, die Lachnummer. Ich liebe verrückte, dumme Witze, zum Beispiel diesen hier ... Was ist klebrig und läuft durch die Wüste? *Ein Karamel.*«

»Entschuldige bitte«, unterbrach mich Edgar. »Kleiner Tipp für dich.«

»Meinetwegen«, brummte ich.

»Versuche, deine Arme nicht so viel zu bewegen. Das lenkt stark ab.«

»Vielen Dank«, murmelte ich.

»Ich versuche nur zu helfen«, erwiderte Edgar.

Ich machte weiter. »Was ist grün und singt? *Ein Salalalalat.*«

»Entschuldige bitte noch mal«, sagte Edgar. »Du hast am Ende die Stimme gesenkt und damit die Pointe versaut. Würde es dir etwas ausmachen, es noch mal zu versuchen?«

»Für dich tue ich doch alles, Edgar«, sagte ich mit zusammengebissenen Zähnen.

Ich wiederholte den Witz und schaffte noch einen weiteren – Was ist ein Keks unter einem Baum? *Ein schattiges Plätzchen* –, bevor Edgar sagte: »Tut mir leid, dich erneut unterbrechen zu müssen, aber ich habe eine wichtige Frage. Kannst du auch bessere Witze erzählen?«

»Aber die sind super«, rief ich beleidigt.

Edgar schüttelte den Kopf. »Weißt du, was ich denke?«

»Du wirst es mir bestimmt gleich verraten.«

»Ich denke, du solltest dich einfach ganz natürlich geben und der Kamera deine Träume und Ziele erzählen.« Er zoomte erwartungsvoll an mich heran.

Ich runzelte die Stirn. »Das ist zu langweilig.«

»Keineswegs, denn es zeigt dem Betrachter, wer du wirklich bist.«

»Das zeige ich ihnen mit meiner Nummer.«

»Und worin besteht deine Nummer? Aus abgedroschenen, lahmen Witzen?«, ereiferte sich Edgar.

»Weißt du, wann ich dich am liebsten mag, Edgar?« Ich hob die Stimme. »Wenn du nicht da bist.«

Wir starrten einander an. Dann entdeckte ich plötzlich Dad, der sich an meiner Tür herumdrückte. Augenblicklich ergriff ich einen der Steine, betrachtete ihn eine Weile, wie er in meiner Hand glitzerte, und fragte dann: »Was meinst du, Edgar, wie viele Millionen Jahre mag er alt sein? Oh, hi Dad«, fügte ich hinzu, als hätte ich ihn gerade erst bemerkt. »Ich helfe Edgar, einen Film über seine Steinsammlung zu drehen.«

Elliot kam angehüpft und gab seinen Senf dazu. »Sie haben sich ganz laut gestritten.«

»Nein, wir haben diskutiert.« Ich wandte mich an Dad. »Ich hatte ja keine Ahnung, wie interessant Steine sein können.«

Dad strahlte. »Siehst du, Luis, das passiert, wenn du dich neuen Interessen öffnest.«

»Ja, das wird mir jetzt auch bewusst, Dad«, sagte ich.

»Wie wäre es mit einer kleinen Erfrischung?«

»Ich würde es bevorzugen weiterzufilmen«, antwortete Edgar.

»Natürlich, Jungs, lasst euch nicht stören.« Dad ging, aber Elliot blieb noch eine Weile und starrte uns sehr neugierig an, bevor er sich endlich verzog.

»Wenn du jemals wirklich mit mir über Steine reden möchtest –«, begann Edgar.

»Nie im Leben«, unterbrach ich ihn. »Wenn du jetzt bitte meine Nummer filmen würdest.«

»Wenn du es wünschst.« Er seufzte.

»Das tue ich«, sagte ich.

20.09 Uhr

Endlich kam ich dazu, fünf meiner besten Witze herunterzurasseln, ohne unterbrochen zu werden. Edgar verzog natürlich keine Miene.

»Tu dir keinen Zwang an, wenn du lachen möchtest«, ermunterte ich ihn.

»Vielleicht wärst du so nett, eine bestimmte Handbewegung zu machen, wenn du bei der Pointe angekommen bist.«

»Wie wäre es, wenn ich stattdessen einen Augapfel herunterhängen lasse?«

Irgendwie schaffte ich es, meine Nummer zu beenden. Ich fand sie ziemlich witzig, aber war sie gut genug, um mich ans Ziel meiner Träume zu bringen? Ich hätte gerne noch mal alles wiederholt, aber Edgar packte seine Ausrüstung schon wieder ein.

»Kannst du die witzigen Teile meiner Nummer zusammenschneiden?«, fragte ich.

»Überlass das ruhig mir«, meinte Edgar.

Das Problem ist nur, dass er keinen blassen Schimmer von Comedy hat.

Mittwoch, 12. März
19.00 Uhr

Poppy rief an.

Sie wird sicher wissen wollen, wie sie mir in der Varieté-Show im BBC gefallen hat.

Und die grässliche Wahrheit ist, dass ich vergessen habe, sie anzusehen. In letzter Zeit haben sich die Ereignisse überschlagen. Aber das ist keine Entschuldigung. Und wenn ich es jetzt zugebe, wird sie mich für einen miserablen Freund halten.

Also sprudelte ich gleich los: »He, Poppy, ich muss sagen, du warst am Sonntag sensationell.«

»Echt?« Sie klang verwundert. Aber sie ist immer so bescheiden. Also legte ich gleich noch eins drauf.

»Du warst immer schon klasse, aber in der Show warst du so gut wie noch nie. Du hast alles Bisherige in den Schatten gestellt.«

»Na, das ist ja hochinteressant«, sagte sie langsam. »Ich bin am Sonntag nämlich gar nicht im Fernsehen gewesen.«

»Bist du sicher?«, quiekte ich.

»Absolut.«

»Na schön, aber wir haben ja auch einen ganz anderen Fernseher und haben wahrscheinlich die ungeschnittene Ausstrahlung gesehen.«

»Luis, ich wurde nicht rausgeschnitten. Was passiert ist ... nein, das kann ich dir nicht am Telefon erzählen.«

»Wieso? Wird deine Leitung abgehört?«

»Kann ich morgen bei dir vorbeikommen?«

»Na klar, obwohl mich das wundert, nachdem ich mich gerade um Kopf und Kragen geredet habe.«

Sie lachte. »Ich fand das irgendwie süß.«

Dann erkundigte ich mich: »Ist mit dir alles in Ordnung, Poppy?«

»Das erzähle ich dir morgen.«

Danach wechselte sie abrupt das Thema, redete über das neue Video von Noah und Lily und wollte wissen, wieso ich nicht dabei war.

20.50 Uhr

Edgar hat Maddy den Film geschickt. »Hat er etwas getaugt?«, erkundigte ich mich zaghaft.

»Er war genial.«

»Echt? Ich fand, dass ich nicht besonders witzig war.«

»Doch, das warst du«, bekräftigte Maddy. »Edgar hat jeden einzelnen großartigen Moment festgehalten.« Sie seufzte. »Jetzt wird es mir wie eine Ewigkeit vorkommen, bis nächste Woche entschieden wird, wer persönlich zum Casting darf.« Dann begann sie zu kichern.

»Was ist?«, wollte ich wissen.

»Ich erinnere mich nur gerade an deine Nummer. Ich mache mir wirklich große Hoffnungen wegen des Films, Luis. Mein Agenteninstinkt sagt mir sogar, dass du damit eine Punktlandung hinlegst.«

Ich staunte. »Das glaubst du wirklich?«

»Ja, das tue ich.«

»Dann muss ich witziger gewesen sein, als ich dachte.«

Höchst seltsam, wenn du mich fragst.

Das Paradies auf Erden

Donnerstag, 13. März
8.22 Uhr

Es ist Frühstückszeit.
Kaum, dass ich in die Küche getreten war, verstummten Mum und Dad.

»Schon in Ordnung«, sagte ich fröhlich. »Ihr dürft gern weiter über mich reden.«

Dad sah Mum an. Sie erwiderte seinen Blick und sagte: »Wir haben nur gerade überlegt, wann wir nächste Woche am besten in deine Schule gehen, um mit deinen Lehrern zu reden.«

Das war an sich schon eine deprimierende Ankündigung. Aber über meine Schule und meine Lehrer zu reden, bevor ich mit dem Frühstück fertig war ... ich bin sicher, es gibt ein Gesetz, das so was verbietet.

»Sehe ich das richtig?«, fragte ich. »Ihr seid erst vor ein paar Wochen zu meinem Elternabend gegangen und wollt euch das jetzt schon wieder antun?«

»Wir wollen nur sehen, welche Fortschritte du machst«, antwortete Mum.

Darüber konnte ich nur den Kopf schütteln. »Mum, ich kann dir gleich sagen, dass meine Lehrer es total gruselig und uncool finden werden, wenn ihr ihnen so schnell wieder auf die Pelle rückt. Ihr werdet keinen Spaß dabei haben.«

Natürlichen hörten Mum und Dad nicht auf mich.

Wenn ich nur den Bann brechen könnte, unter dem sie stehen. Nicht nur mir, sondern auch ihnen zuliebe.

8.50 Uhr

Du erinnerst dich sicher an Jack, den Neuen, dem ich helfe? Wir verstehen uns super, und da er gar nicht weit entfernt wohnt, bin ich bei ihm vorbeigegangen, damit wir gemeinsam zur Schule gehen können. Seine Mum hat geöffnet. Sie war sehr freundlich und hat mich hereingebeten, da Jack noch beim Frühstück saß. Du wirst nicht glauben, was er gegessen hat: nichts weiter als eine große Tafel Schokolade mit einer üppigen Portion Eis.

»So was darfst du zum Frühstück essen?«, rief ich.

»Klaro.« Jack grinste. »Ich darf essen, was ich will.«

Seine kleine Schwester saß mit am Tisch. Sie mampfte gerade eine riesige Schüssel Vanillesoße. Mit einem zufriedenen Seufzer schlürfte sie sie leer. Dann rief sie: »Ich möchte noch mehr!«

Ihre Mum kam hereingeeilt. »Hast du nicht Angst, dass dir wieder schlecht werden könnte, Maisie?«

»Nö, überhaupt nicht«, sagte sie bestimmt.

»Na gut, Schatz, du entscheidest das.«

Maisie und ihre Mum gingen zum Kühlschrank. Ich fragte Jack: »Was ist hier los?«

»Mum möchte uns nicht ihre Sicht der Welt aufdrängen, das ist alles.«

»Du darfst jeden Tag Eis und Schokolade frühstücken, wenn du möchtest?«

Jack nickte. »Mum glaubt, dass mir das irgendwann langweilig wird und ich von selbst wieder etwas Gesünderes möchte. Aber sie findet, dass wir diese Entscheidung treffen sollen, nicht sie«, fügte er hinzu. »Mum sagt zu etwas nur Nein, wenn es sich absolut nicht vermeiden lässt, denn sie findet, dass es unsere Entwicklung hemmt.«

»Sie hat ja so recht.« Ich seufzte. »Ich komme mir vor, als wäre ich direkt ins Paradies spaziert. Du hast ein Riesenglück, hier zu leben.« Dann fiel mir etwas anderes ein. »Wie ist es mit der Schule?«

»Mum und ich haben darüber geredet«, sagte Jack. »Wir sind uns einig, dass ich etwas lernen muss, aber sie würde niemals sagen: ›Zeit für die Schule!‹ Ich gehe, wenn es mir passt. Sie findet, dass es besser ist, wenn ich von alleine verstehe, warum ich pünktlich sein sollte.«

»Und wenn du eines Tages beschließt, dir einen extra Urlaubstag zu gönnen?«

»Mum würde kein Wort darüber verlieren.«

Als ich ging, machte Maisie sich gerade über ihre dritte Portion Vanillesoße her.

13.20 Uhr

In der Schule bestürmte ich Jack mit weiteren Fragen.

»War deine Mum immer schon so klasse?«

»Oh nein. Bis vor Kurzem war sie eine ganz normale, nörgelnde, merkwürdige Mutter«, erklärte Jack. »Aber dann hat sie im Internet etwas gesehen, das *Yes-Parenting* heißt.«

»*Yes-Parenting*«, murmelte ich. »Gefällt mir auf Anhieb.«

»Sie ist in einen Kurs darüber gegangen, und hinterher hat sie zu mir gesagt: ›Ich verstehe jetzt, was bei uns falsch gelaufen ist. Ich habe zu dir nicht oft genug Ja gesagt.‹«

»So etwas würden meine Eltern niemals zu mir sagen«, meinte ich seufzend.

»Sie findet es wichtig, dass ich mein wahres Selbst entdecke.«

»Können wir unsere Eltern tauschen?«

Jack grinste. »Das kannst du knicken.«

»Ich kann's dir nicht verübeln«, meinte ich. »Zumal meine gerade total auf *No-Parenting* stehen.«

16.00 Uhr

Auf dem Heimweg bot Jack mir an, alles über den *Yes-Parenting*-Kurs für mich rauszusuchen.

»Aber wie würde ich Mum und Dad dazu bekommen, dort hinzugehen?«, fragte ich.

»Sag ihnen, dass der Kurs Spaß macht.«

»Damit wäre er bei ihnen schon untendurch«, erwiderte ich. »Bekommt man ein Zertifikat, wenn man teilnimmt?«

»Das kann ich herausfinden«, sagte Jack.

»Es könnte helfen.«

Aber als ich an Jacks Haus ankam, sprang mich plötzlich ein viel besserer Plan an.

Ich besorge meinen Eltern neue Freunde

16.32 Uhr

Der erste Teil meines Plans lief wie am Schnürchen.

Ich erzählte Jacks Mum, dass meine Eltern morgen Abend vorbeischauen und sie in der Gegend willkommen heißen würden.

»Das ist ja so nett von ihnen«, freute sich Jacks Mum.

»Ja, sie sind sehr großherzig«, stimmte ich zu. »Das haben sie von mir.«

»Soll ich ihnen vielleicht vorher eine Nachricht schicken?«, fragte sie.

Ich dachte kurz darüber nach. »Ach nein, das ist nicht nötig«, meinte ich schließlich. »Sie mögen es nicht, wenn zu viel Aufhebens gemacht wird. Aber wenn Sie ihnen erzählen, dass Sie Ihren Kindern immer auf alles mit Ja antworten, werden sie bestimmt unglaublich fasziniert sein.«

17.12 Uhr

Der zweite Teil des Plans war kniffliger – aber das hatte ich schon vermutet.

»Aber wir können morgen doch nicht einfach uneingeladen hereinplatzen«, rief Mum.

»Ich habe euch doch gesagt, dass ihr eingeladen seid«, erwiderte ich.

»Die Woche war total anstrengend«, fand Dad. »Wir hatten überhaupt nicht vor, morgen etwas zu unternehmen.«

»Die Sache ist die«, führte ich aus. »Jack hat gesagt, dass seine Mutter noch keinen Besuch bekommen hat, seit sie hier hergezogen sind. Niemand hat vorbeigeschaut. Ist das nicht entsetzlich?«

Mum sah tatsächlich ein bisschen betroffen drein, darum bohrte ich weiter. »Jeden Tag sieht Jack seine arme alte Mum am Fenster warten in der Hoffnung, dass sich endlich jemand blicken lässt.« Ich senkte meine Stimme, bis sie kaum noch ein Flüstern war. »Aber niemand kommt vorbei. Darum macht Jack sich große Sorgen um sie, zumal sie nicht jünger wird.«

»Wie alt ist sie denn?«, erkundigte sich Mum.

»Um die fünfunddreißig«, antwortete ich.

Da brachen Mum und Dad in Gelächter aus. Das war nicht die Reaktion, die ich erhofft hatte, aber Mum sagte schließlich: »Ich bin sicher, dass du maßlos übertreibst, aber wenn Jacks Mutter uns alle eingeladen hat ...«

»Das hat sie wirklich und ihr werdet es nicht bereuen«, quatschte ich eifrig dazwischen. »Ja, ich wäre nicht überrascht, wenn ihr morgen eine Freundin fürs Leben finden würdet und sie euch in Zukunft ständig einlädt.«

Diese Vorhersage schien meine Eltern nicht so zu begeistern, wie ich erwartet hatte. Aber immerhin werden sie hingehen. Ich bin sicher, dass eine halbe Stunde in dieser Umgebung reichen wird, um meine leicht zu beeinflussenden Eltern wieder in die glücklichen, sorglosen Menschen zurückzuverwandeln, die sie früher waren, als sie mich noch nicht mit ihrer Pädagogik belästigt haben.

18.35 Uhr

Heute Abend wollte ich meine Hausaufgaben im Schnellverfahren erledigen, bevor Poppy vorbeikam. Aber Mum mischte sich laufend ein. Sie hat meinen Aufsatz über »Julius Caesar« gelesen und dann gemeint, dass ich viel tiefer in die Materie einsteigen könnte. Sie hat mir sogar ein paar Vorschläge notiert. »Wenn du möchtest, kannst du sie ignorieren«, sagte sie, aber das Funkeln in ihren Augen sagte: »Wage es ja nicht!«

Das Problem ist, dass mein Gehirn bereits schmerzt. Noch mehr Hausaufgaben und es könnte explodieren. Und dann ist Mum schuld, dass ich Poppy nicht helfen kann.

19.50 Uhr

Poppy und ihr Großvater besuchten uns. Doch er sagte, dass er nicht bleiben würde. »Ich komme später wieder. Ihr sollt Zeit haben, miteinander zu reden.« Dann beugte er sich vor und flüsterte mir zu: »Ich weiß, dass du ihr helfen wirst, so gut du kannst.«

Im Wohnzimmer, wo meine Eltern uns allein gelassen hatten, waren ihre ersten Worte: »Armer Großvater. Ich kann ihm nicht verständlich machen, wieso ich letzten Sonntag nicht im

Fernsehen auftreten konnte. Tatsächlich versteht es niemand. Du bist meine letzte Hoffnung.«

»Wenn ich deine letzte Hoffnung bin, dann steckst du in ernsthaften Schwierigkeiten«, sagte ich grinsend. »Aber verschone mich nicht. Erzähl mir alles.«

»Ich war in meiner Garderobe, fertig für meinen Fernsehauftritt ...«

»Die Erfüllung eines Traums ...«, warf ich ein.

»Daran brauchst du mich nicht zu erinnern, Luis«, sagte Poppy. »Mir ist klar, was für eine Chance ich vergeben habe.«

»Und was hast du dann gemacht?«

»In der letzten Minute konnte ich mich einfach nicht bewegen.«

»Lampenfieber«, sagte ich sofort.

Um ganz ehrlich zu sein, fiel es mir viel schwerer als erwartet, Mitgefühl mit Poppy zu empfinden. Seit letztem Sonntag waren alle meine Träume zerplatzt. Aber Poppy – nun, niemand stand ihr im Weg, außer sie selbst.

»Jeder hat Lampenfieber«, erklärte ich. »Sogar ich. Nächstes Mal, wirst du einfach –«

»Den Vortrag kannst du dir sparen«, fuhr Poppy mich an.

»Das dachte ich mir schon«, murmelte ich.

Es entstand eine ziemlich peinliche Stille, dann jammerte Poppy: »Das Schlimmste daran ist, dass ich meinen Großvater enttäuscht habe.« Tränen kullerten ihr die Wangen hinunter.

Ich sprang auf und hockte mich neben ihren Rollstuhl. »He, Kopf hoch.«

»Nein, es ist schon in Ordnung, Luis. Ich weiß, dass meine Karriere als Zauberkünstlerin vorbei ist.«

»Was redest du denn da?« Dann fügte ich hinzu: »Gibt es etwas, das du mir nicht sagst?«

Sie nickte langsam.

»Ich bin ganz Ohr. Im Ernst.«

Sie lächelte knapp. »Es geht um die Kommentare, die Besucher auf meiner Website hinterlassen. Die meisten sind total lieb. Aber ein paar Leute haben dort in letzter Zeit gepostet, dass ich nur im Fernsehen bin, weil ich im Rollstuhl sitze und Mitleid errege.«

»Das ist doch kompletter Blödsinn«, ereiferte ich mich.

»Außerdem finden sie, dass ich als Zauberkünstlerin überbewertet bin.«

»Poppy, die sind doch nur neidisch ... Ich hoffe, du hast diese Kommentare augenblicklich gelöscht.«

»Natürlich. Ich wollte nicht, dass mein Opa sie liest, denn dann würde er sich nur aufregen. Und ich hatte wirklich gedacht, dass ich sie vergessen hätte, Luis. Aber kurz vor meinem Auftritt stürmte alles wieder auf mich ein. Und plötzlich fand ich, dass meine Kritiker recht hatten.«

»Oh, Poppy.«

»Plötzlich konnte ich keinen klaren Gedanken mehr fassen und mich nicht mal mehr erinnern, in welcher Reihenfolge ich meine Kunststücke aufführen wollte. Ich wusste, ich würde mich total ungeschickt anstellen und das Timing nicht hinbekommen ... Ich konnte in diesem Zustand unmöglich vor Publikum auftreten.«

»Darum hast du kalte Füße bekommen«, sagte ich betrübt.

»Aber die Produzentin war sehr verständnisvoll. Sie will mir nächsten Sonntag sogar eine neue Chance geben.«

»Das ist super. Ja, es ist fantastisch, nicht wahr?«

»Aber was, wenn es wieder passiert und ich mich an die ganzen fiesen Kommentare erinnere? Was mache ich dann, Luis?«

Ich erhob mich und dachte nach, während ich im Zimmer auf und ab lief. »Du brauchst eine Stimme, die sie alle übertönt. Meine.«

Poppy sah mich erwartungsvoll an. »Heißt das, dass du nächsten Sonntag mitkommen wirst?«

»Natürlich komme ich mit«, antwortete ich. »Und ich werde dir wieder und wieder genau das Gegenteil von dem sagen, was diese Trolle behaupten. Und zwar so laut ich kann.«

Sie lachte auf.

»Was ist?«, fragte ich.

»Du hast mich bereits aufgemuntert.« Dann verdüsterte sich ihre Miene wieder. »Aber es wird nicht leicht werden.«

Yes-Parenting

Freitag, 14. März
16.55 Uhr

Elliot hatte einen Trotzanfall.

Es war große Klasse.

Sogar am Freitag müssen wir vier unsere Blockflöten spielen. »Wir geben nicht auf, bis wir einen Durchbruch erzielen«, erklärte Dad. Und wir erzielten einen, wenn auch nicht den, den er erwartet hatte.

Wir schrillten uns unmelodiös durch »Ein Männlein steht im Walde« (ja, wir Glücklichen, wir stecken immer noch in diesem Stück fest), als Elliot urplötzlich seine Blockflöte auf den Boden warf. »Nein, nein, nein!«, schrie er. »Ich halte das nicht mehr aus. Ich hasse diese Blockflöten. Sie zerstören mein Leben.« Und dann stürmte er davon.

Dad schüttelte betrübt den Kopf. »Wir wollten Elliot doch nur zeigen, wie man mit ein bisschen Anstrengung –«

»– noch schlechter klingen kann als je zuvor«, ergänzte ich.

17.20 Uhr

Mum und Dad quatschten in Elliots Zimmer eine Ewigkeit mit ihm. Dann kam Dad herunter und sagte zu mir: »Deine Mum und ich sind gute Zuhörer.« Ich hob die Augenbrauen bis zum Anschlag. »Und wir haben beschlossen, fürs Erste auf Blockflötenunterricht zu verzichten.«

Bekommt der Bann, unter dem meine Eltern stehen, endlich erste Risse?

Na, warte ab, was passiert, wenn sie einen Abend lang über *Yes-Parenting* gesprochen haben.

20.15 Uhr

Elliot hat seine Haare nass gemacht, damit sie ordentlicher anliegen. Im Auto nestelte er ständig an ihnen herum. Ich sagte ihm, er solle das lassen.

Mum fragte mich erneut: »Bist du sicher, dass Jacks Mum uns erwartet?«

»Jack sagt, dass sie von nichts anderem mehr redet«, erwiderte ich. »Sie kann es kaum fassen, dass sie endlich Besuch bekommt.«

Aber als wir im Auto vorfuhren, kam Jack auf mich zu, nahm mich beiseite und flüsterte: »Es wäre besser, wenn ihr morgen wiederkämt.«

»Wieso?«, fragte ich verständnislos.

»Glaube mir, du möchtest nicht, dass deine Eltern jetzt zu uns ins Haus kommen. Maisie hat den Trotzanfall des Jahrtausends. Das ist kein schöner Anblick.«

Ich überlegte blitzschnell und erklärte meiner Familie dann: »Stellt euch vor, Jacks Mum und seine Schwester sind krank geworden. Sie haben eine höchst ansteckende Grippe.«

»Sie kotzen sich die Seele aus dem Leib«, untermauerte Jack meine Behauptung. »Das ganze Haus stinkt und alles ist vollgeschissen.«

»Schon in Ordnung. Danke, Jack. Wir können es uns lebhaft vorstellen«, fiel ich ihm ins Wort.

»Und du musst dich ganz allein um die beiden kümmern?«, erkundigte sich Mum.

Jack nickte und aus irgendeinem Grund schien er nichts mehr sagen zu können. Stattdessen wandte er sich rasch von uns ab.

»Können wir dir irgendwie helfen?«, fragte Dad und sah Jack besorgt an, denn der zitterte jetzt und konnte nur mit einem Quieken antworten. Ich merkte als Einziger, dass er einen Lachflash hatte.

Also sagte ich hastig: »Wir kommen ein andermal vorbei, Kumpel, wenn es deiner Mutter besser geht.«

Genau in dem Moment tauchte Jacks Mum auf.

Mum rief ihr entgegen: »Sie sollten besser mit einem heißen Tee ins Bett gehen.«

Jacks Mum sah mehr als nur ein bisschen erschrocken drein und stammelte: »Aber ... warum sollte ich das?«

»Na, Sie haben doch –«, setzte Mum an, doch dann starrte sie mit offenem Mund auf die Frau vor sich, die aussah wie das blühende Leben. »Sie haben gar nicht die Grippe, oder?«

»Wer hat das denn behauptet?«, fragte Jacks Mum.

»Ihr Sohn«, sagte Dad. »Aus welchem Grund auch immer.«

Das Schweigen dauerte nur eine Sekunde, fühlte sich aber an wie Stunden. Dann lachte Jack laut auf.

»Jugendlicher Übermut«, murmelte Jacks Mum.

»Hm.« Meine Eltern klangen zweifelnd.

Jacks Mum fuhr fort. »Es ist nett von Ihnen, dass Sie vorbeischauen, um mich in der Gegend willkommen zu heißen. Kommen Sie doch rein.«

»Wir wollten Sie wissen lassen, dass hier wirklich freundliche Leute leben«, sagte Mum.

»Oh, das weiß ich schon«, erwiderte Jacks Mum. »Alle waren so herzlich zu mir. Erst heute Abend hat Eileen, die zwei Häuser weiter wohnt, einen Kuchen vorbeigebracht, den sie für uns gebacken hat. Ist das nicht eine unheimlich nette Geste?«

»Ganz gewiss.« Mum warf mir einen GRÄSSLICHEN Blick zu.

Im Haus empfing uns ein furchtbar lautes Geheul, das klang wie ein menschlicher Sirenenton. Er kam von Jacks Schwester Maisie.

»Oh, Maisie, bitte hör endlich damit auf«, rief Jacks Mum und lief in die Küche, wo Maisie am Tisch saß. Sie hockte mit verschränkten Armen vor einem Teller Essen und kreischte ohne Unterlass.

»Ja, halt endlich die Klappe«, kreischte Jack.

Maisie unterbrach ihr Schreien kurz, um ihrem Bruder die Zunge rauszustrecken.

Jacks Mum erklärte meinen Eltern: »Maisie weigert sich, Gemüse zu essen. Jack derzeit übrigens auch. Ich habe Jack also erlaubt, das Gemüse heute Abend wegzulassen, aber Maisie habe ich vorgeschlagen, etwas davon zu probieren, da Gemüse für sie so gesund ist. Damit wollte ich nur eine Unterhaltung über ihre Ernährung in Gang setzen, aber –«

»Sie war die ganze Zeit schon mies drauf, seit sie aus der Schule heimgekommen ist«, redete Jack dazwischen.

»War ich nicht«, krakeelte Maisie. »Und ich hasse dich.«

Jacks Mum hob eine Hand. »Es war meine Schuld, Maisie-Schatz. Du brauchst nichts zu essen, das dir nicht schmeckt.«

Sofort sprang Maisie vom Tisch auf.

»Ihr habt vielleicht ein Glück«, rief Elliot höchst erstaunt. »Ich hasse Gemüse, aber ich werde jeden Tag gezwungen, welches zu essen.«

Maisie feixte.

»Möchtest du wirklich nicht aufessen?«, fragte ihre Mum.

»Schon, aber nicht jetzt.«

Ich spürte, wie Mum und Dad neben mir alles taten, um sich ihre Verwunderung nicht anmerken zu lassen. Elliot und ich dürfen beim Essen nie so pingelig sein.

»Was würden Sie gerne trinken?«, fragte Jacks Mum.

»Nichts, danke, wir wollten ja nur kurz vorbeischauen« – wieder warf Mum mir einen finsteren Blick zu –, »um Sie zu begrüßen und –«

»Ich hätte gern ein Glas Limonade«, rief Elliot dazwischen. »Ein großes Glas.«

»Das heißt ›bitte‹«, ermahnte ihn Dad.

Elliot sagte nichts.

»Ist schon in Ordnung«, meinte Jacks Mum. »Er wird ›bitte‹ sagen, wenn er so weit ist.«

»Er ist bereits so weit«, murmelte Mum.

Jacks Mum reichte Elliot ein großes Glas Limonade, das er lautstark leerte.

»Elliot, so trinkt man nicht«, sagte Mum streng.

Elliot ignorierte sie, schmatzte anerkennend mit den Lippen und meinte: »Es ist toll hier.«

»Und ob«, stimmte ich ihm zu. »Es herrscht eine richtig fröhliche Atmosphäre«, fuhr ich fort, obwohl davon im Moment wenig zu merken war. Ich wandte mich an Jacks Mum. »Verraten Sie uns Ihr Geheimnis?«

»Es gibt kein Geheimnis.« Sie lächelte Jack an. »Ich nehme meine Kinder einfach genau so, wie sie sind, und bejahe sie vollkommen.«

»Hochinteressant.« Ich warf meinen Eltern einen bedeutungsvollen Blick zu. »Seine Kinder vollkommen bejahen.« Ich wiederholte es sehr langsam, damit meine Eltern die Bedeutung erfassten. »Erzählen Sie uns mehr davon.«

»Ich lasse meine Kinder einfach Kinder sein«, fuhr Jacks Mum fort. »Sie sollen ihren eigenen Weg finden. Meine Aufgabe besteht darin, ihnen meine ganze Achtsamkeit ...«

Sie wurde unterbrochen, als Maisie zurück in die Küche stürmte. »Komm und schau, was ich gerade im Wohnzimmer gemacht habe«, rief sie.

Jacks Mum lächelte gutmütig. »Sie ist ganz begeistert von unserem neuen Haus. Schon gut, ich schau es mir an.«

Doch ihr Lächeln erstarb, als sie ins Wohnzimmer trat. Jack stieß einen entsetzten Schrei aus.

Eine ganze Wand war mit Kreidezeichnungen bedeckt, die Jack, Maisie und ihre Mum darstellen sollten. Es gab auch Bilder von Blumen in grellen Farben und ein höchst seltsam aussehendes Tier. Es hätte eine Kuh sein können oder ein Hund oder vielleicht beides. Mum und Dad starrten die Wand an. Und starrten und starrten.

»Sie soll das sofort abwaschen«, erklärte Jack tonlos, »sonst mache ich es selbst.«

»Machst du nicht.« Maisie glühte vor künstlerischem Stolz. »Ich werde alle Wände im Haus so verzieren, weil es toll aussieht, stimmt's?«, fragte sie zuversichtlich an jeden außer Jack gewandt.

Mum und Dad schluckten nur betreten, während Elliot kicherte, als würde er seine liebste Comedy-Sendung schauen.

»Es ist großartig, dass du einen so großen kreativen Drang verspürst …«, begann Jacks Mum.

Doch Jack fiel ihr sofort ins Wort: »Ich weigere mich, hier zu sitzen und mir dieses grässliche Geschmiere auf den Wänden anzusehen!«

Ungerührt fuhr Maisies Mum fort: »… und ich bin begeistert davon, dass du dein Talent auslebst, aber Jack hat nun mal heftige Einwände, und das ist ebenfalls in Ordnung. Was haltet ihr davon, wenn wir uns später in aller Ruhe darüber unterhalten?«

Doch Jack eröffnete die Diskussion sofort, indem er Maisie alle Kreidestücke wegnahm.

»Das sind meine, gib sie mir wieder!«, kreischte sie.

Jacks Mum rief: »Nein, so wollen wir nicht kommunizieren. Höchste Zeit für eine Gruppenumarmung!«

Stattdessen warf Jack Maisie die Kreidestücke ins Gesicht. »Tut mir leid, aber meine Schwester eignet sich nicht für *Yes-Parenting*. Dennoch kann ich es nur wärmstens empfehlen«, brüllte er. Dann sauste er die Treppe hoch, von einer tobenden Maisie verfolgt.

Elliot wollte begeistert bei der wilden Jagd mitmachen, aber

Mum hielt ihn zurück und sagte: »Wir müssen leider gehen. Es war sehr nett, Sie alle kennenzulernen.«

»Ja, wirklich«, ergänzte Dad mit der ganzen Aufrichtigkeit eines Erwachsenen.

»Sie müssen unbedingt wiederkommen«, murmelte Jacks Mum. »Ich fürchte, bei uns geht es manchmal etwas chaotisch zu.«

Die Schreie aus dem ersten Stock wurden lauter. »Sie sollten lieber nach oben gehen, wo Sie gebraucht werden«, meinte Mum.

Wir fanden selbst den Weg zur Tür.

Samstag, 15. März

Es bot sich mir gerade ein total abstoßender Anblick: nämlich der meiner Eltern, die äußerst zufrieden mit sich waren.

Sie zogen durchs Haus und sagten Sachen wie: »Es ist sehr nützlich, seinen Kindern Nein zu sagen, sonst können sie nicht damit umgehen, wenn jemand im richtigen Leben Nein zu ihnen sagt.«

Alles Weitere erspare ich dir. Nur weil ich mir das den ganzen Tag anhören muss, brauchst du dich damit nicht auch herumzuquälen.

Ich habe Himmel und Hölle in Bewegung gesetzt, um die beiden gestern zu Jacks Haus zu kriegen. Und was habe ich davon? Es ist alles noch viel schlimmer geworden!

Poppy lässt die Bombe platzen

Sonntag, 16. März
13.50 Uhr

Vor etwa zwanzig Minuten bin ich mit Poppy und ihrem Großvater im Studio angekommen. Sie wurden schon zur Probe abgeholt. Also hänge ich allein im Warteraum herum. Trotzdem ist es aufregend, in einem Fernsehstudio zu sein. Natürlich nicht so aufregend wie bei Noah und Lily, aber daran denke ich gar nicht. Erwähne es also bitte nicht mehr.

14.12 Uhr

Poppys Großvater hat kurz zu mir reingeschaut und mir gesagt, dass Poppy jetzt in der Maske sitzt. Er sieht so adrett aus wie immer, in einem grauen Anzug mit einer roten Rose im Knopfloch. Er hat mir ein paar Sandwiches und etwas zu trinken mitgebracht. Er hat gemeint, es sei wichtig, mich gut genährt zu halten, da ich heute eine lebenswichtige Rolle spielen würde. Als ich gesagt habe, dass ich doch gar nichts gemacht hätte, erwiderte er, es würde Poppy unheimlich viel bedeuten, dass ich hier sei und sie unterstützte.

14.25 Uhr

Ich habe Poppy gerade in ihrer persönlichen Garderobe besucht. Sie sah toll aus. Sie hatte ihre langen Haare alle auf eine Seite gekämmt. Das nennt sie ihren »Meerjungfrauen-Look«. Sie war zudem überglücklich, weil die Probe »wie geschmiert« gelaufen ist. Ihr Großvater sagte, er sei sicher, dass die Live-Sendung sogar noch besser laufen würde. Sie beginnt um 15 Uhr und Poppy ist um 15.15 Uhr dran. Ihr Großvater und ich werden im Publikum sitzen und sie anfeuern wie verrückt.

14.40 Uhr

Ich fasse es nicht.

Poppy weigert sich SCHON WIEDER, auf die Bühne zu gehen. Ihr Großvater hat gerade mit ihr gesprochen. Der arme Kerl sieht plötzlich zehn Jahre älter aus. »Wenn Poppy wieder einen Rückzieher macht, dann werden die Leute sie für unzuverlässig halten, und das wird ihrer Karriere entsetzlich schaden«, sagte er. Darum hat er mich jetzt gebeten, mit ihr zu reden.

15.04 Uhr

In der dunkelsten Ecke ihrer Garderobe saß Poppy zusammengesunken in ihrem Rollstuhl. Sie war völlig verändert und sah überhaupt nicht mehr aus wie die zuversichtliche, selbstsichere Person, die ich vor nur zwanzig Minuten getroffen hatte. Bei ihrem Anblick bildete sich ein Knoten in meinen

Eingeweiden. Als sie mich sah, bekam sie ein trauriges kleines Lachen zustande. »Ich habe dich davor gewarnt, dass das passieren würde, Luis. Aber alles lief so gut, bis …«

»Du hast wieder eine dieser gemeinen Nachrichten bekommen, nicht wahr?«

Ich hatte nur ins Blaue hinein geraten, aber Poppy hob sofort den Blick. »Ich habe nur mit meinem Handy herumgespielt und dabei habe ich sie entdeckt. Sie lautete: *Denk immer daran, dass du nicht annähernd so gut bist, wie manche Leute meinen. Du hattest nur Dussel, weil die Leute Mitleid mit dir haben.* Ich weiß, was du jetzt sagen wirst, Luis. Dass sie eifersüchtig sind, was vermutlich stimmt. Aber deswegen können sie trotzdem recht haben, nicht wahr? Jedenfalls ist mein Gehirn jetzt wieder völlig leer.« Sie stieß noch einmal dieses freudlose Lachen aus. »Ich könnte nicht einmal sagen, wie ich heiße.« Mit leiser, tonloser Stimme redete sie weiter. »Ich würde mich und meinen Großvater nur entsetzlich blamieren, wenn ich jetzt auftrete. Könntest du ihn bitten, mich heimzufahren?«

Poppy ließ sich doch tatsächlich von einem anonymen Idioten völlig runterziehen. Das konnte ich nicht zulassen. Irgendwie musste ich ihr wieder Mut einimpfen.

»Sprichst du mit meinem Opa?«, drängte sie. »Erklärst du es ihm?«

»Ja«, sagte ich völlig ruhig. »Ich glaube, ich kann ihn dazu bringen zu verstehen, wieso du nicht auf die Bühne kannst.«

»Ich wäre dir sehr dankbar.«

»Könntest du mir auch einen Gefallen tun?« Ich trat nahe an sie heran.

»Natürlich.«

»Darf ich an deiner Stelle auftreten?«

Das hatte Poppy überhaupt nicht erwartet. Sie blieb eine Weile völlig reglos sitzen. »Aber du bist doch gar nicht vorbereitet«, sagte sie schließlich.

»Das macht nichts. Ich kenne eine Million Witze auswendig. Das Problem wird eher darin bestehen, mich von der Bühne wieder runterzubekommen. Also, tust du das für mich?«

»Nun, ich werde es versuchen«, versprach sie. »Julie, die Produzentin, wird nicht besonders erfreut sein. Letztes Mal wurde ich einfach ersetzt durch –«

»Gibt dein Bestes, sie zu überzeugen«, bat ich sie. »Denn das hier ist die allertollste Chance, die du je bekommen hast, und da du sie nicht möchtest ...«

»Ich habe nie gesagt, dass ich sie nicht möchte«, verbesserte mich Poppy. »Ich habe gesagt, ich wüsste, dass ich versagen würde.«

»Und ich weiß, dass ich hervorragend sein werde. Vielen Dank, Poppy. Das ist wie ein Lottogewinn für mich.« Ich stolzierte selbstsicher zur Tür.

Plötzlich sauste Poppy in ihrem Rollstuhl auf mich zu. »Halt, Luis, du gehst da nicht raus.«

Ich wirbelte herum. »Ach ja? Und wie willst du mich aufhalten?«

Wir atmeten beide schwer, als ihr Großvater in der Tür erschien. »Liebes, es ist jetzt Zeit für dich, auf die Bühne zu gehen. Ich habe dich noch nie zu etwas gedrängt – das hoffe ich zumindest aufrichtig –, darum werde ich natürlich deinen Wünschen entsprechen. Aber das ist –«

»Wie ein Lottogewinn«, unterbrach Poppy. »Und darum bin ich bereit.«

»Wirklich?«, fragte ich mit vor Enttäuschung triefender Stimme.

Poppy sah zu mir auf und grinste. »Jetzt trägst du aber zu dick auf, Luis. Vorhin hättest du mich fast drangekriegt. Du hast mich so wütend gemacht, dass ich ...«

»Und ich habe jedes Wort davon ernst gemeint«, erwiderte ich grinsend. »Jetzt geh schon da raus und mach mich und den Idioten irrwitzig neidisch.«

17.06 Uhr

Und das hat sie locker geschafft!

Am Ende hat das Publikum nicht bloß geklatscht. Nein, sie haben ihr eine stehende Ovation gegeben. Und Poppy war wirklich gigantisch! Besonders bei ihrem letzten Trick, wo sie eine Zeitung in winzige Schnipsel zerrissen und dann dieselbe Zeitschrift nur Sekunden später völlig intakt hochgehalten hat. Unglaublich, oder? Wie hat sie das gemacht? Die Zuschauer waren hin und weg. Da hat es mich auch nicht gewundert, dass ihr Großvater in sein riesiges Taschentuch geweint hat.

Danach waren die beiden von Leuten umringt. Poppy und ihr Großvater mussten bleiben und noch Interviews geben. Ich saß also auf der Heimfahrt ganz allein im Taxi.

Ich hockte auf dem Rücksitz und sah noch einmal Poppys Gesicht vor mir, während um sie herum der Applaus brandete. Ein Moment für die Ewigkeit!

Superstreber

Montag, 17. März
17.20 Uhr

Mum und Dad kamen spät nach Hause.

»Ich weiß, wo ihr euch herumgetrieben habt«, rief ich, denn ein Blick in ihre niedergeschlagenen Gesichter sagte alles. Ich konnte nur den Kopf über sie schütteln. »Wieso habt ihr euch das angetan?«

»Wir wollten nur das Neueste über deine Fortschritte hören«, erwiderte Mum.

»Ihr habt wohl mit Dunky gesprochen«, vermutete ich.

»Wir hatten eine kurze Unterredung mit Mr Duncan.«

»Ich kann euch wörtlich sagen, was ihr von ihm zu hören bekommen habt. *Luis hat keinerlei Fortschritte gemacht und wird auch nie welche machen. Jetzt gehen Sie bitte und kommen Sie niemals wieder.*«

»Nein«, sagte Dad. »Er hat winzige Fortschritte in deiner Arbeit bemerkt. So wie alle anderen deiner Lehrer.«

Aber es lag unheimlich viel Enttäuschung in der Luft. Ich wusste, worauf Mum und Dad gehofft hatten. Sie wollten hören, dass ich mich zu einem Superstreber entwickelt hatte und jetzt der Oberschlaumeier Superhirn der ganzen Schule war.

Aber ich könnte nur dann Klassenbester sein, wenn keiner meiner Klassenkameraden älter wäre als zwei Jahre.

Doch ich habe andere Talente. Eines zumindest – Menschen zu unterhalten. Wieso ist das meinen Eltern nicht genug?

21.00 Uhr

Noch drei Tage, bevor Castel Films verkündet, wer für die tolle Filmrolle vorsprechen darf. Maddy und ich haben gerade darüber geredet.

»Sie schicken dir vielleicht eine E-Mail oder sprechen dir auf die Mobilbox«, sagte sie. Sie war unglaublich optimistisch. »Also bereite dich gut darauf vor, okay?«

»Ich bin bestens darauf vorbereitet«, erwiderte ich. »Die Sache ist nur die ... ich bin mir nicht sicher, ob meine Witze wirklich komisch waren.«

»Wieso glaubst du mir nicht«, rief Maddy. »Du warst umwerfend!«

Dienstag, 18. März

Heute kam ein Geschenk von Poppy. Das dickste Witzebuch, das ich je gesehen habe. (Kurzes Beispiel: Warum hat die Tasse einen Sprung? *Weil der Kaffee zu stark ist.*)

Als Widmung hat sie hineingeschrieben: *Für Luis, einen wahrlich treuen Freund. In Liebe, Poppy. PS: Jetzt bist du dran. Viel Erfolg.*

Nur noch zwei Tage, bis Castel Films verrät, wen sie ausgewählt haben.

Mittwoch, 19. März
17.30 Uhr

Die Revolution hat begonnen.

Dad hat angekündigt, dass morgen Abend um sieben Uhr ein Musiklehrer vorbeikommt, um uns Blockflötenunterricht zu geben.

»Nein, nein, nein!«, brüllte Elliot und sprang auf. Ausnahmsweise war ich komplett auf seiner Seite. Wenn ich nur daran dachte, »Ein Männlein steht im Walde« noch einmal hören zu müssen, gingen bei mir alle Lichter aus.

»Haben wir die Blockflöten nicht aufgegeben, weil unsere Versuche damit gegen die Lärmschutzverordnung verstoßen haben?«, fragte ich.

»Gibt unsere Familie jemals auf?«, fragte Dad munter zurück.

Als Antwort darauf erntete er nur Schweigen, zunächst sogar von Mum. Dann sagte sie lustlos: »Natürlich nicht.«

»Darum habe ich überlegt, wie wir unser Ziel doch noch erreichen können – und zwar mit einem Musiklehrer.« Dad lächelte triumphierend.

Doch zu meiner großen Überraschung sagte Mum: »Ich weiß nicht, ob das morgen eine gute Idee ist, da ich lange arbeiten muss. Das hatte ich dir doch gesagt.«

»Und für mich und Elliot ist es auch keine gute Idee«, stellte ich fest. »Unsere Trommelfelle haben sich nämlich noch nicht von der letzten Misshandlung erholt.«

»Na gut, in Ordnung«, gab Dad nach. »Dann treffe ich mich eben allein mit dem Lehrer – der übrigens ausgezeichnet sein soll – und lasse mir ein paar Tipps für uns alle geben.«

»Dann sind wir also aus der Nummer raus?«, fragte ich, um ganz sicher zu sein.

»Ihr könnt ihm ja kurz Hallo sagen.«

»Ich würde lieber Tschüs zu ihm sagen«, meinte ich. »Und bitte versuche, diesmal den Geräuschpegel etwas niedriger zu halten, Dad, okay?«

18.50 Uhr

Morgen um diese Zeit werde ich wissen, ob ich für das große Casting ausgewählt worden bin. Maddy geht davon aus, dass sie sich schon vormittags melden werden, aber es könnte natürlich auch sein, dass sie erst nachmittags von sich hören lassen.

Vermutlich schicken sie eine E-Mail.

Kannst du dir vorstellen, was für Qualen ich durchlebe, während ich den ganzen Tag auf das erlösende Ping warte?

Drück mir alle Daumen und Zehen.

Donnerstag, 20. März

9.05 Uhr

Jack ist am Boden zerstört. Die Zeiten des *Yes-Parenting* sind seit gestern Nachmittag für ihn vorbei. Und das kam so: Jacks Mum hatte ihm und Maisie erlaubt, ihre Zimmer zu gestalten, wie es ihnen passt.

»Das wird euch Selbstvertrauen geben und euch lehren, Entscheidungen zu treffen«, sagte sie.

Aber als sie sah, dass Jack seine Wände mit tiefschwarzer Farbe gestrichen und Maisie auf ihre Wände seltsame Gestalten gemalt hatte, die angeblich Aliens darstellten, rief sie: »Tut mir leid, aber zu euren Wänden sage ich Nein.«

»Du sagst Nein zu uns?«, heulte Jack auf.

Seine Mum erörterte ihnen daraufhin, dass sie Dekorationsvorschläge machen könnten, aber dass sie ganz allein entscheiden würde, ob die zum Design des Hauses passten.

»Aber wie sollen wir dann Selbstvertrauen gewinnen und lernen, unsere eigenen Entscheidungen zu treffen?«, wollte Jack wissen.

»Es wird Zeit, dass ihr euch eine andere Fähigkeit aneignet«, erwiderte sie. »Nämlich, wie man Kompromisse eingeht.« Tragischerweise sah Jacks Mum bei diesen Worten richtig glücklich aus.

18.42 Uhr

Ich will es nicht lange hinauszögern.

Ich sage es frei heraus.

Nichts.

Nada.

Keine Nachricht von Castel Films.

Mehr will ich darüber nicht schreiben, außer: Ich werde nicht aufgeben. Ich verliere also nicht den Mut. Als kleine Aufmunterung erzähle ich dir einen Witz (aus Poppys Geschenk):
Was sagt der Hammer zum Daumen? *Schön, dich zu treffen.*

Schade, dass ich den nicht in meinem Casting-Video erzählt habe.

18.46 Uhr

Erwähnte ich schon, dass ich nicht aufgeben werde?

19.35 Uhr

Mum kam spät nach Hause, und deshalb waren wir gerade erst mit dem Abendessen fertig geworden, als es an der Haustür klingelte. Ich dachte, es wäre Dads Musiklehrer. Dem wollte ich lieber nicht über den Weg laufen, darum hastete ich nach oben. Regen strömte in langen, müden Bahnen die Fensterscheiben hinunter. Sogar das Wetter hatte sich meiner Stimmung angepasst.

Als ich nach unten gerufen wurde, war ich ziemlich genervt. Beinahe hätte ich mich geweigert. Mum und Dad standen im Flur und quatschten mit dem Musiklehrer. Er hatte ein großes, rotes, fleckiges Gesicht und trug einen teuer aussehenden Anzug. Um den Hals hatte er einen breiten, grell gemusterten Schal geschlungen. Er sah aus wie eine Mischung aus einem stinkreichen Bankmanager und Dr. Who. Als er mich erblickte, lächelte er breit.

»Ach, da ist er ja, da ist Luis.« Er schien über mein Erscheinen ungemein entzückt zu sein. Aber das war mir egal. Ich würde mich heute Abend nicht auf zehn Meter einer Blockflöte nähern! »Es ist mir ein großes Vergnügen, dich kennenzulernen«, fuhr er fort. »Ich habe nämlich sagenhafte Neuigkeiten für dich.«

Ein geheimnisvoller Besucher

Er fuhr fort: »Ich bin Jimmy James. Das klingt, als hätte ich zwei Vornamen, was? Aber immerhin vergisst niemand so leicht den Namen.«

Dann lachte er dröhnend, während wir ihn alle total verdattert anstarrten. Mir wurde klar, dass es sich bei ihm wahrscheinlich gar nicht um den Musiklehrer handelte. Aber wer war er und warum war er hier?

Er wedelte mit einer irre protzigen Visitenkarte und verkündete: »Ich bin der Casting-Chef von Castel Films.«

Nach diesen Worten konnte ich vor Aufregung kaum noch atmen. Er war zu mir nach Hause gekommen, um mir zu sagen, dass ich dabei sein würde. Das war die absolut wahrscheinlichste Erklärung, und doch wagte ich kaum, es zu glauben.

Irgendwie gelang es mir zu sagen: »Nun, Jimmy James, darf ich Ihnen meine Mitbewohner vorstellen, auch meine Mum und mein Dad genannt. Ich kann sie wärmstens empfehlen. Und dieser verhutzelte Zwerg, der gerade aus der Küche kommt, ist mein Bruder Elliot. Ihn kann ich leider überhaupt nicht empfehlen.«

Jimmy James warf lachend den Kopf nach hinten und dröhnte dann: »Dürfte ich Ihre Gastfreundschaft in Anspruch nehmen und fragen, ob wir uns irgendwo setzen können. Ich habe Ihnen nämlich sehr viel zu erzählen. Und ich denke, dass es Ihnen gefallen wird.«

Wie in Trance führten Mum und Dad ihn ins Wohnzimmer. Jimmy James machte sich auf dem Sofa breit, zog seinen Schal aus und drapierte ihn neben sich. Er lehnte sich zurück, als ob er sich bereits vollkommen zu Hause fühlte. »Nun, Leute, ich hoffe, dass Sie mich nicht für aufdringlich halten, weil ich einfach unangekündigt hereingeschneit bin. Aber ich genieße solche Auftritte.« Er lächelte breit in die Runde.

»Wir verstehen leider nur Bahnhof«, sagte Mum und hob dabei die Stimme. »Was hat Castel Films mit Luis zu tun?«

»Lassen Sie es mich erklären, meine Lieben«, sagte Jimmy James. »Sie wissen ja, dass Ihr Sohn sich für eine Rolle in einem amerikanischen Film beworben hat, der hier gedreht werden soll.«

»Nein«, sagten Mum und Dad gleichzeitig.

Jimmy James gluckste, als hätten sie etwas unglaublich Komisches gesagt. »Sie erinnern sich nicht daran, dass Luis und sein Freund uns ein fünfminütiges Bewerbungsvideo geschickt haben?«

Ich erklärte: »Sie können sich nicht daran erinnern, weil sie es gar nicht wissen. Ich hatte es ihnen nicht verraten.«

»Das macht die Sache ja nur noch interessanter«, sagte Jimmy James völlig unbeeindruckt. »Luis, es ist mir ein großes

Vergnügen, dir mitzuteilen, dass dein Bewerbungsvideo von allen eingesendeten – und ich kann dir sagen, wir haben uns viele angesehen – das beste war. Wir haben mit dir einen echten Glückstreffer gelandet. Darum möchten wir, dass du für die Rolle vorsprichst.«

Du weißt ja, wie ein Korken abzischt, wenn er aus einer Flasche knallt. Nun, genau so hob mein Herz gerade ab, ganz von alleine. Ich war vor Schreck und Freude so benommen, dass ich einfach nur tief einatmete und einen Pfeiflaut von mir gab. Mum und Dad klappte der Kiefer runter.

Elliot fand als Erster die Fassung wieder. »Also, ich kann viel besser schauspielern als er. Ich habe schon in vier Stücken im Schultheater mitgespielt, er noch in keinem einzigen.«

Jimmy James grinste übers ganze Gesicht. »Dein Selbstvertrauen gefällt mir.« Dann sah er mich fragend an.

Mach schon, sag was, ermahnte ich mich. Aber das ist gar nicht so leicht, wenn der Kopf sich noch in einer Umlaufbahn um die Erde befindet. Also lallte ich: »Vielen Dank«, und klang dabei noch kindlicher als Elliot.

»Wir sind es, die zu danken haben«, erklärte Jimmy James. »Dein Video hat uns umgehauen. Ganz besonders hat uns dein Geplänkel gefallen.«

Wie? Welches Geplänkel? Ich hatte doch nur Witze erzählt! Vielleicht war »Geplänkel« das amerikanische Wort für Witze? Oder er hatte am falschen Haus geklingelt.

Doch ich hatte keine Zeit, über diese fatale Möglichkeit nachzudenken, denn meine Eltern löcherten Jimmy James mit Fragen, die er ausführlich beantwortete.

Er erklärte ihnen, dass der Schauspieler, der die kleine, aber wichtige Schlüsselrolle eines typischen britischen Schuljungen spielen sollte, im letzten Moment abgesprungen war. Also hatten sie beschlossen, einen neuen Jungen zu casten, der nicht unbedingt Schauspielerfahrung haben musste, dafür aber eine Persönlichkeit, die die Zuschauer förmlich ansprang.

Er sah meinen Eltern direkt in die Augen und sagte: »Wir glauben, dass Luis genau dieser Kerl sein könnte. Aber wir müssen ihn nächsten Donnerstag zu Probeaufnahmen kommen lassen. Ich weiß, dass das ziemlich kurzfristig angesetzt ist. Wir brauchen ihn nur einen Vormittag lang in einem Hotel in der Nähe von Elstree. Na, was sagen Sie?«

Mum und Dad hatten noch eine Menge zu sagen. Sie feuerten Zillionen Fragen auf ihn ab über meine Rolle, den Film, wo er gedreht werden würde (meine Szenen würden diesen Sommer in Winchester gedreht werden). Die Fragen hörten überhaupt nicht mehr auf. Jimmy beantwortete sie alle geduldig und leutselig lächelnd, als hätte er sich noch nie zuvor so prächtig amüsiert.

Mitten in der ganzen Aufregung erschien der richtige Musiklehrer. Dad brauchte nur fünf Sekunden, um ihn abzuwimmeln, dann eilte er ins Wohnzimmer zurück.

Schließlich fragte Mum Jimmy James: »Würden Sie uns beide einen Augenblick entschuldigen. Wir müssen das alles kurz besprechen.«

»Natürlich«, sagte er und winkte lässig ab. »Nehmen Sie sich so viel Zeit, wie Sie wollen. Ich unterhalte mich inzwischen liebend gerne mit Ihren beiden großartigen Söhnen.«

Ich nutzte den Moment, um ihm Maddys Visitenkarte zu überreichen.

»Eine Agentin aus Kalifornien. Hm.« Er nickte beeindruckt.

»Aber sie ist erst –«, setzte Elliot an.

»Sie ist erst kürzlich vorübergehend nach Kalifornien gezogen«, schnitt ich ihm schnell das Wort ab. Jimmy James würde noch früh genug herausfinden, dass meine Agentin nicht älter als ich war.

Da kamen Mum und Dad auch schon wieder zurück. Sie waren höchstens drei Minuten lang weg gewesen. Ich hielt das für ein schlechtes Zeichen. Ich stand auf und trat unruhig von einem Fuß auf den anderen. Stand meine Welt davor, wieder in sich zusammenzustürzen?

Dad sagte: »Ich entschuldige mich dafür, falls Sie den Eindruck bekommen haben, dass wir etwas schwer von Begriff sind, aber diese Angelegenheit kam für uns völlig überraschend. Wir sind enttäuscht darüber, dass Luis uns nicht in sein Vorhaben eingeweiht hat. Aber manche Chancen sind zu groß, als dass man sie ignorieren könnte. Und wir denken, dass es sich hier um so eine Chance handelt.«

»Mum, Dad, das ist das Coolste, was ihr je getan habt«, rief ich begeistert aus und umarmte die beiden sogar.

Auch Jimmy James schoss hoch, schüttelte meinen Eltern energisch die Hände und bat sie, etwas zu unterschreiben. Er machte ein paar Fotos von mir und sagte, sein Team würde die Medien informieren (das ging mir runter wie Öl), und reichte mir dann ein Blatt mit ein paar Textzeilen, die ich bis Donnerstag auswendig lernen sollte.

Er ergänzte: »Wir werden dich auch ein bisschen improvisieren lassen, zusammen mit deinem Freund.« Er meinte wohl Edgar. »Es wäre toll, ihn auch dabeizuhaben«, sagte Jimmy James. »Als Sparringspartner für neue Ideen.« Dann sprach er in sein Telefon, und kurz darauf fuhr eine Limousine vor, die fast die ganze Straßenlänge einnahm.

Der Chauffeur sprang heraus, ließ einen Regenschirm aufschnappen und zog die hintere Tür der schwarzen Limousine auf. Jimmy James stieg ein und rief: »Großartige Präsentation, Luis, und köstliches Geplänkel!«

Geplänkel *muss* in Amerika Witze bedeuten.

20.25 Uhr

Nein, das bedeutet es nicht.

Ich habe gerade kurz mit Maddy gechattet, die natürlich völlig aus dem Häuschen war.

Und sie hat das Rätsel für mich gelöst.

Wie sich herausstellte, hat Edgar die Aufnahmen von mir, wie ich Witze erzähle, überhaupt nicht eingesendet. Stattdessen hat er unsere ganzen Streitereien zusammengeschnitten. Dieses Video hat er dann eingeschickt und Maddy ebenfalls eine Kopie zukommen lassen.

»Und weißt du was«, sagte sie, »ich glaube, er hatte recht. Das Gezoffe von dir und Edgar war herrlich komisch.«

»Aber die Witze, die ich wochenlange einstudiert habe, waren es nicht?«

»Nicht ganz so witzig«, sagte sie sanft. »Also, um ehrlich zu sein ...« Sie hielt inne.

»Sag schon.«

»Ich habe schon alles gesagt.«

»Beende deinen Satz«, verlangte ich.

»Ich glaube, wenn du einfach nur Witze aufgesagt hättest, wärst du nie zum Casting eingeladen worden.«

Nach einem Augenblick der Stille sagte ich: »Ich habe das grässliche Gefühl, dass du recht hast, Maddy. Und das ist schrecklich, denn jetzt wird Edgar noch eingebildeter sein als zuvor.«

Der Bann wird gebrochen

Freitag, 21. März
16.00 Uhr

Ich könnte beim besten Willen nicht sagen, was heute in der Schule passiert ist. Ich schwebte die ganze Zeit auf einer Wolke. Schließlich hatte ich noch nie so großartige Neuigkeiten bekommen. Vermutlich kann ich es deswegen immer noch nicht so ganz glauben.

16.30 Uhr

Maddy hat gesagt, dass ich Edgar die tolle Nachricht überbringen sollte. Wenn ich ihm gesagt hätte, dass ich der nächste James Bond sein würde, hätte er nicht erstaunter klingen können.

»Sie haben dich ausgewählt!«, krächzte er ungläubig durchs Telefon.

»Und wie es aussieht, habe ich das dir zu verdanken.«

»Ich habe nur erkannt, dass deine Interaktion mit mir dein komisches Talent auf spannende neue Weise angeregt hat.«

Dann erzählte ich Edgar, dass er eingeladen sei, mit mir zum Vorsprechen zu kommen.

Ich erwartete, dass er darüber spotten würde, doch er sagte: »Es würde mir große Freude bereiten, einen kleinen Anteil an deinem nächsten Karriereschritt zu haben.«

Anders ausgedrückt: Edgar kommt mit. Sollte ich mich darüber freuen?

Eher nicht.

Samstag, 22. März
9.30 Uhr

Elliot hat gerade gefragt: »Woher wissen wir eigentlich, dass dieser komische Typ, der am Donnerstag hier war, nicht nur so getan hat, als ob er Luis in einem Film mitspielen lassen möchte? Vielleicht hat er uns bloß einen gewaltigen Streich gespielt.«

»Hast du seinen Wagen gesehen?«, fragte ich.

»Den hat er vielleicht nur geliehen«, antwortete Elliot.

»Und was ist mit seiner Visitenkarte?«, fragte ich.

»Was beweist die schon?«, fragte Elliot zurück. »Du hast auch eine protzige Visitenkarte, obwohl du überhaupt nicht berühmt bist.«

»Sei nicht eifersüchtig, du Zwerg.«

Natürlich redete Elliot Unfug, aber er wollte einfach nicht damit aufhören, bis Dad schließlich die Wikipedia-Seite über Jimmy James aufrief. Dort gab es ein hochaufgelöstes Foto von ihm, auf dem er übers ganze Gesicht grinste, und eine Liste aller Filme, an denen er mitgearbeitet hatte. Ich hatte von keinem davon je gehört, war aber trotzdem mächtig beeindruckt.

Kein Wunder, dass Mum und Dad sich von der Seite nicht mehr losreißen konnten.

Sonntag, 23. März
20.30 Uhr

Maddy hat sich über Skype angeschaut, wie ich den Text gelesen habe, den ich für Donnerstag lernen soll. Ich erzähle einem amerikanischen Mädchen über Schulen in England. Es soll witzig sein, ist es aber überhaupt nicht. Jedenfalls kommt es mir nicht so vor. Maddy stimmte mir zu.

»Soll ich versuchen, es ein bisschen aufzupeppen?«, fragte ich.

»Warte damit lieber, bis du die Rolle hast«, sagte sie. »Ich glaube, es ist ein Test, ob du einen Text lustiger rüberbringen kannst, als er ist.«

Maddy kennt sich im Showbusiness aus.

Montag, 24. März
19.30 Uhr

Du weißt ja, dass meine Mum und mein Dad seit dem Gespräch mit Dunky wie unter einem Bann standen. Ich habe alles versucht, um ihn zu brechen, doch es ist mir nicht gelungen. Jetzt kenne ich endlich die Lösung.

In einem Film mitspielen.

Seit sie erfahren haben, dass ich Filmstar werde, sind Mum und Dad wie verwandelt. Heute Abend sind sie so entspannt, dass sie fast wieder ganz die Alten sind.

Sie haben wegen Donnerstag schon in meiner Schule angerufen, und sie werden sich beide den Tag freinehmen, um mit mir zusammen zum Casting zu fahren. Wenn ich einmal berühmt bin, werde ich mich nur an die guten Zeiten mit ihnen erinnern.

Dienstag, 25. März

18.30 Uhr

Die Nachricht über mein Casting hat die Runde gemacht. Mein Gesicht ist auf der Titelseite der Lokalzeitung (es ist ein Foto, das Jimmy James gemacht hat). Einige unserer Nachbarn haben schon vorbeigeschaut. Eine ältere Dame hat sogar ein Selfie mit mir geschossen – sie hat gesagt, dass sie es ihren Enkeln zeigen möchte.

Mittwoch, 26. März

9.30 Uhr

Während der Schulversammlung kam es zu einem historischen Ereignis. Der Vertrauenslehrer hat mir dazu gratuliert, dass ich morgen für einen Film vorsprechen darf. Er hat gesagt, er hätte immer schon gewusst, dass ich meiner Schule Ehre machen würde.

Ich, der mit Abstand nutzloseste Schüler aller Zeiten!

15.00 Uhr

Alle meine Klassenkameraden – und viele andere Schüler – wimmeln um mich herum und möchten alles über morgen erfahren. Stell dir vor, mein Leben ist schon jetzt viel aufregender geworden.

18.25 Uhr

Meinen Eltern ist das Wort Hausaufgaben heute Abend noch kein einziges Mal über die Lippen gekommen. Sie sind zu sehr damit beschäftigt, mein Foto in der Lokalzeitung zu bestaunen. Endlich haben Sie einen Grund, stolz auf mich zu sein.

19.00 Uhr

Heute kam noch einmal eine E-Mail, in der die Einzelheiten für morgen bestätigt wurden. Um 6.15 Uhr (jawohl, so früh am Morgen) wird ein Taxi mich und meine Begleitpersonen abholen und ins Langella Hotel in der Nähe von Elstree bringen. Dort werden wir zusammen mit Jimmy James frühstücken, bevor das Casting beginnt – vermutlich in einem Hotelzimmer, was ich ein bisschen seltsam finde. Es könnte aber auch ganz normal sein in dieser neuen Welt, die ich jetzt betrete.

20.25 Uhr

Ich habe Maddy meinen Text ein letztes Mal auf Skype vorgesprochen. Sie fand, dass ich meine Sache jetzt perfekt mache, und wünschte sich so sehr, dass sie morgen in diesem bedeutendsten Augenblick meines Lebens dabei sein könnte. Ich wünschte es auch.

Stattdessen habe ich Edgar an der Backe.

Eine winzige Lüge

Donnerstag, 27. März
6.05 Uhr

Es ist noch nicht mal hell, aber Mum, Dad und meine Wenigkeit sind bereits unten (Elliot übernachtet bei einem Freund) und Edgar ist gerade erschienen.

»Du siehst ja schick aus!«, hauchte Mum.

»Nun, ich fand, dass der Anlass eines Anzugs bedarf«, erklärte Edgar. »Außerdem trage ich meine glänzenden schwarzen Schuhe.« Dann sagte er zu mir: »Meine Rolle besteht vermutlich darin, still im Hintergrund zu sitzen und zuzusehen.«

»Von wegen«, erwiderte ich. »Du sollst mit mir gemeinsam improvisieren.«

Prompt sagte Edgar: »Also gut, tief durchatmen.«

»Dafür bin ich zu aufgeregt«, sagte ich.

»Ich meinte mich selbst.«

Da sah ich das Taxi vorfahren. »Es geht los«, verkündete ich.

6.52 Uhr

Wir sind auf dem Weg nach Elstree und Mum, Dad und Edgar sehen unheimlich angespannt aus. Um ihnen etwas die Aufregung zu nehmen, erzähle ich ein paar Witze. Bald schon lachen Mum und Dad wie irre Hyänen, und sogar Edgar lacht mit, nachdem ich ihm die Pointen erklärt habe. »Ah ja, das ist auf primitive Art sehr ulkig.«

6.58 Uhr

Bei Maddy muss es gerade ein Uhr morgens sein, und trotzdem hat sie mir eine Nachricht geschickt und mir alles Glück der Welt gewünscht. Dann schrieb sie noch: *Vergiss nicht, wie gut – nein: genial – du bist.*

Ich wünschte mir so sehr, sie wäre jetzt hier bei mir. Tatsächlich fühlt es sich fast so an, als wäre sie da.

7.48 Uhr

Vor dem riesigen Hotel erwartet uns eine schick gekleidete blonde Frau, die in einer Hand ein Klemmbrett hält und in der anderen ein Funkgerät. Sie stellt sich als Alicia vor, Jimmy James' persönliche Assistentin, und fügt mit einem breiten, strahlenden Lächeln hinzu: »Ich weiß, dass ihr euch alle prächtig amüsieren werdet.« Man könnte meinen, wir wären gekommen, um Urlaub zu machen.

Sie begleitet uns zu einem imposanten Aufzug und sagt: »Ich bin sicher, dass ihr Lust auf ein Frühstück habt.« In Wirklichkeit habe ich zum ersten Mal in meinem Leben überhaupt keinen Appetit. Ich möchte einfach, dass das Vorsprechen losgeht.

8.05 Uhr

Alicia führt uns einen langen Gang mit cremefarbenen Wänden entlang. Überall hängen teuer aussehende Spiegel und im Teppichboden versinkt man regelrecht. Wir gelangen in einen Frühstücksraum und werden an einen Fenstertisch geführt, der im Morgenlicht erstrahlt.

»Was für ein luxuriöser Frühstücksplatz«, haucht Mum ergriffen.

Es ist bereits eine Menge los und alle Gäste unterhalten sich im Flüsterton. Unser Kellner – ein etwas gebeugter Mann mit einem leichten Dauerlächeln – redet so leise, dass ich mich weit nach vorne lehnen muss, um überhaupt etwas zu verstehen.

Wir entscheiden uns alle für ein komplettes englisches Frühstück. Alicia besteht darauf, dass wir so richtig zulangen. Da dröhnt eine Stimme quer durch den Raum: »Da ist ja Luis, die Lachnummer.«

»Und da ist Jimmy, der Boss«, rufe ich zurück.

Übers ganze Gesicht strahlend, schreitet Jimmy James, der einen Panamahut trägt, an unseren Tisch. »Hallo, alle zusammen«, brüllt er so laut, als würde er das ganze Hotel begrüßen. »Das kann ich euch sagen, das wird ein toller Tag, an dem ihr euch prächtig amüsieren werdet.«

»Ich wünschte, wir müssten das nicht dauernd zu hören kriegen«, murmelt Edgar. »Das verleidet mir alles.«

Jimmy James reicht Edgar die Hand. »Ich freue mich, dass dein Landsmann dich begleiten konnte«, sagt er, als wären Edgar und ich ein Komikerduo. Igitt! So was von igitt!

9.15 Uhr

Endlich fuhren wir im verspiegelten Aufzug in den ersten Stock, wo die Produktionsfirma ein paar Zimmer angemietet hat. Dort wurden wir zunächst in eine Lounge geführt.

»Machen Sie es sich gemütlich«, sagte Alicia zu Mum und Dad. »Hätten Sie gerne noch etwas Kaffee oder Tee, während Sie warten?«

»Danke, wir brauchen nichts«, murmelte Mum sichtlich enttäuscht, dass sie und Dad hier zurückgelassen wurden. Sie umarmten mich beide und bekamen sogar feuchte Augen. Es ist seltsam für mich, wenn meine Eltern stolz auf mich sind. Aber ich könnte mich daran gewöhnen.

»Du hast das bisher klasse gemacht«, sagte Dad.

»Jetzt darfst du nicht nachlassen«, feuerte Mum mich an.

Als ich ging, saßen sie verlegen auf dem Rand eines riesigen rosafarbenen Sofas. Edgar und ich wurden nach nebenan geführt in einen Raum, in dem keine Möbel standen, abgesehen von ein paar Stühlen in der Ecke. Kamerakabel schlängelten sich über den Boden und zwei ganz in Schwarz gekleidete Kerle bauten bereits Kameras auf. Sie beachteten Edgar und mich überhaupt nicht. Auch sonst redeten sie mit niemandem und niemand sagte etwas zu ihnen. Es war, als würden wir alle vorgeben, sie seien unsichtbar. »Ich fürchte, ich muss die sanitären Einrichtungen aufsuchen«, sagte Edgar.

»Untersteh dich«, knurrte ich. »Press einfach die Oberschenkel zusammen und denke auf gar keinen Fall an Springbrunnen.«

Jimmy James setzte sich auf einen der Stühle in der Ecke und legte seinen Hut auf den Stuhl daneben. Alicia fragte feierlich: »Seid ihr bereit loszulegen?«

»Absolut«, bestätigte ich und trat auf eine Markierung am Boden. Edgar wurde angewiesen, sich neben mich zu stellen.

Die Kamera fuhr näher heran und Edgar zitterte. Was für ein Amateur. »Kameras sind wie riesige schwarze Löcher –«, begann er.

Ich unterbrach ihn. »Du kannst später ein Gedicht schreiben.«

Ein freundlich lächelndes Mädchen erschien und tupfte etwas Puder auf meine Nase. Dann wollte sie mit Edgar weitermachen, doch der schüttelte energisch den Kopf. »Ich trage nie Make-up.«

Ich grinste das Mädchen an. »So hässlich, wie er ist, wäre das sowieso zwecklos.«

9.50 Uhr

Endlich durfte ich meinen Text aufsagen. Alicia brauchte mir nur zuzunicken, und schon legte ich los, komplett textsicher. Ich ließ mich auch nicht von den Kameras ablenken, die um mich herumfuhren. Oder von Edgar, der mich, kurz bevor ich angefangen hatte, noch daran erinnerte, nicht zu viel zu gestikulieren.

Als ich fertig war, herrschte Schweigen. Ein junger Kerl in gelber Hose, der ebenfalls ein Klemmbrett hielt, war aufgetaucht. Er stand in einer Ecke des Raums, aber niemand beachtete ihn. Alle Augen waren auf Jimmy James gerichtet, der mir völlig reglos zugehört hatte.

Schließlich hob er einen Finger und sagte viel leiser als sonst: »Könntest du das bitte noch einmal machen, Luis, aber vielleicht etwas langsamer?«

»Klar kann ich das«, sagte ich.

»Vielen Dank, Luis.«

Als ich den Text langsamer wiederholt hatte, sagte Jimmy James leise: »Wie wäre es, wenn ihr jetzt ein bisschen improvisieren würdet, Jungs?« Er bedeutete Edgar, sich neben mich zu stellen.

»Also, Edgar, du möchtest ein Mädchen einladen, aber du weißt nicht, wie du das anstellen sollst. Darum hast du Luis um Hilfe gebeten. Unterhaltet euch einfach darüber und habt Spaß dabei, Jungs.«

Edgar runzelte die Stirn, dann sagte er: »He, Kumpel, ich kenne so eine heiße Schnecke ...«

Ich begann zu lachen. »Warum redest du so seltsam?«

»Ich versuche, wie ein typischer Teenager zu klingen.«

Alle grinsten jetzt, sogar der Kameramann.

»In der gesamten Geschichte der Menschheit hat noch nie jemand so geredet.« Ich grinste. »Sei einfach du selbst.«

Edgar überlegte. »Äh, Luis, ich kenne eine junge Lady, der ich antragen möchte, ob sie nicht in meiner Begleitung –«

»In welchem Jahrhundert treibst du dich denn jetzt herum?«, fiel ich ihm ins Wort.

»Nun, ich tue mein Bestes, nicht in diesem Jahrhundert zu leben«, gab Edgar zurück.

Das brachte ihm ein dröhnendes Lachen von Jimmy James ein. »Jetzt wird langsam ein Schuh draus, Jungs. Macht weiter so und seid so schrullig, wie ihr wollt.«

»Ich vermute, dass du keine Ahnung hast, was schrullig bedeutet, oder Luis?«

»Und ob ich das weiß, du eingebildeter Fatzke. Es ist das altmodische Wort für schrill.«

Edgar und ich machten weiter mit unserem Gezoffe – oder Geplänkel –, bis ich schließlich meinte: »Weißt du was, Edgar, ich hab einfach keinen Bock mehr, dich zu verkuppeln.«

Daraufhin lachten alle und anschließend flüsterten Jimmy James und Alicia kurz miteinander.

Dann kam Jimmy James auf mich und Edgar zu und schüttelte uns die Hände. »Wir sind hocherfreut, euch beide heute hier zu haben, Jungs.«

»Wirklich hocherfreut.« Alicia strahlte.

»Das war ein unvergessliches Vorsprechen«, sagte er.

»Wirklich großartig«, pflichtete Alicia ihm bei.

Jimmy James schenkte uns noch einmal sein Strahlelächeln, dann waren beide fort. Auch der Kerl in der gelben Hose machte einen Abgang. Wir blieben mit den beiden Typen zurück, die die Kameras abbauten.

Ich sah Edgar an. »Meinst du, sie setzen gerade meinen Vertrag auf?«

»Schwer zu sagen in einer Welt, in der alle immer nur lächeln«, erwiderte Edgar.

10.35 Uhr

Es dauerte vermutlich gar nicht so lange, bis wieder jemand erschien, aber es fühlte sich für mich an wie ein Jahrhundert. Dann tauchte endlich der Kerl in der gelben Hose auf. Lächelnd kam er zu uns rüber.

»So, Jungs, hattet ihr Spaß?« Von Nahem sah er nicht viel älter aus als Edgar und ich. Er hat eine piekfeine Stimme.

»Oh ja«, antwortete ich. Edgar starrte ihn nur an.

»Das ist so genial, Jungs. Kann ich euch etwas zu essen oder zu trinken bringen? Kommt schon, an eurer Stelle hätte ich Hunger. Was hättet ihr denn gerne?«

»Ich hätte gerne eine Antwort auf eine Frage«, sagte Edgar. »Wer sind Sie eigentlich?«

»Oh, tut mir leid. Ich bin Marky, Alicias Assistent.«

»Kommen Alicia und Jimmy James bald wieder?«, fragte Edgar.

»Nein, sie mussten weg. Ihr wisst ja, wie das ist. Das sind sehr beschäftigte Leute. Aber sie hatten viel Freude an euch beiden.«

»Hat ihnen mein Vorsprechen gefallen?«, fragte ich eifrig, wenn nicht sogar zu eifrig.

»Oh ja«, sagt Marky.

»Werde ich von den beiden hören?«, erkundigte ich mich. (Ich weiß, ich sollte nicht so begierig rüberkommen.)

»Aber sicher. Und jetzt habe ich eine Überraschung für euch.«

Ich sah ihn extrem hoffnungsvoll an.

»Deine Mum und dein Dad saßen nebenan, wo sie das ganze Vorsprechen auf einem Bildschirm beobachten konnten. Na, was sagt ihr jetzt, Jungs?«

Das war natürlich schön, aber wohl kaum die Überraschung, auf die ich gehofft hatte. Ich wollte, dass man mir sagte, ich könnte morgen mit den Dreharbeiten anfangen.

Immerhin waren meine Eltern von meiner Vorstellung tief beeindruckt. »Du hast so eine natürliche und selbstbewusste Ausstrahlung«, sagte Mum.

»Weder du noch Edgar machten den Eindruck, als würden die Kameras euch einschüchtern«, fügte Dad hinzu.

Während Marky sich um einen Wagen kümmerte, der uns

heimbringen würde, flüsterten Mum und Dad mir aufgeregt zu: »Hat Jimmy James irgendetwas zu dir gesagt?«

»Er sagte, es sei ein unvergessliches Vorsprechen gewesen, und Alicia fand es großartig.«

Dad nickte eifrig, aber ich merkte, dass er und Mum noch viel mehr erwarteten.

Und du kennst mich ja, ich versuche meinen Zuhörern immer das zu geben, was sie wollen, darum fuhr ich fort: »Nun, da ist noch etwas, aber das muss unter uns bleiben.«

»Ja«, sagte Mum atemlos. Sie sahen mich beide so erwartungsvoll an, dass ich sie nicht enttäuschen wollte. Also behauptete ich: »In genau diesem Moment setzen Jimmy James und die Produktionsfirma gerade meinen Vertrag auf.«

Edgar hüstelte.

»Dann bekommst du die Rolle also?«, kreischte Mum.

»Oh ja, sie wollen mich unbedingt haben«, sagte ich hochtrabend und ignorierte Edgars immer lauter werdendes Husten. »Da sind sie sich völlig sicher.«

Nun ja, das war ein bisschen geschummelt, aber gut gemeint. Ich wollte, dass Mum und Dad sich jetzt schon gut fühlten und nicht erst warten mussten, bis ich absolute Gewissheit hatte.

Also war das eigentlich total nett von mir.

Und mal im Ernst, man sagt jemandem doch nicht, sein Vorsprechen sei unvergesslich und großartig gewesen, nur um ihm dann die Rolle nicht anzubieten, oder?

Euer höchstpersönlicher Filmstar

Freitag, 28. März
16.00 Uhr

Als ich heute in der Schule ankam, flippten alle total aus und riefen mir quer über den Schulhof zu: »Hast du die Rolle bekommen?« Ich rief zurück: »Na klar, ganz easy.«

Die Nachricht verbreitete sich in der Schule wie ein Lauffeuer. In der Pause war ich von Mitschülern umringt, die genau wissen wollten, um was für einen Film es sich handelte und wann sie ihn im Kino sehen könnten. Würden irgendwelche berühmten Schauspieler darin mitspielen?

»Ich gebe heute keine Interviews«, tönte ich in die Menge. »Und behandelt mich bitte weiterhin wie einen ganz normalen Menschen, auch wenn ich jetzt euer höchstpersönlicher Filmstar bin.«

21.05 Uhr

Ein kurzer Chat mit Maddy. Sogar ihr habe ich vorgeflunkert, dass ich die Rolle schon fest in der Tasche habe. Sie hat allerdings mehr Fragen gestellt als meine Eltern, unter anderem: »Hat dir tatsächlich jemand gesagt, dass du die Rolle hast?«

»Nicht wörtlich«, gab ich zu. »Aber die Andeutungen waren nicht zu überhören.«

»Ich würde erst auf eine Bestätigung warten, bevor ich es irgendjemandem erzähle«, riet Maddy.

»Toller Ratschlag«, murmelte ich.

Es gab niemanden, dem ich es *nicht* erzählt hatte.

Ich glaube, Maddy hätte mir gern noch viel mehr Fragen gestellt, aber sie war ein wenig abgelenkt. In ihrer Familie war irgendetwas los. Sie war aber nicht besonders scharf darauf, mir Näheres darüber zu sagen. Machten ihre Mum und ihr Dad womöglich ihr Versprechen rückgängig, dass Maddy von Ostern an in allen Schulferien nach Hause kommen durfte? Hoffentlich nicht!

Samstag, 29. März
10.00 Uhr

Mum und Dad haben sich gerade zu mir gesetzt. Zu meiner Überraschung bekam ich keine Standpauke wegen meiner Hausaufgaben oder etwas ähnlich Gruseligem zu hören.

Stattdessen sagte Dad: »Uns ist klar, dass du in dieser Sache besser Bescheid weißt als wir. Kannst du uns sagen, wie es nun weitergeht, Luis?«

»Ähm, ja, also im Moment sind die Leute bei Castel Films dabei, den Vertrag aufzusetzen«, antwortete ich. »Das kann eine Weile dauern, weil sie die Klauseln und den ganzen Quatsch verhandeln müssen.«

Dad nickte. »Natürlich. Das hätten wir uns ja denken können. Meinst du, wir sollten einen Anwalt einschalten, der sich den Vertrag ansieht, wenn er da ist?«

»Warum nicht?«, meinte ich.

»Und unser Anwalt muss den Vertrag sehr sorgfältig prüfen, denn wir möchten nicht, dass sie dich dazu nötigen, dich für mehr als einen Film zu verpflichten, nicht wahr?«, sagte Mum.

»Ach, das möchten wir nicht?«, murmelte ich.

»Luis«, rief Mum aus, »du hast ein besonderes Talent, das vor Ausbeutung geschützt werden muss!«

Ja, genau das waren ihre Worte. Ich kann dir sagen, mein Leben ist gerade genial oder wäre es zumindest, wenn ... also, ich bin sicher, dass ich die Rolle habe. Andernfalls hätte ich es doch nicht jedem erzählt. Ich meine, ich bin ja nicht blöd.

Aber in einer Zeit, in der so viele verschiedene Möglichkeiten der Kommunikation existieren, sollte man doch meinen, Castel Films hätte eine davon nutzen können, um mir zu bestätigen, dass ich die Rolle kriege.

Warum haben sie es noch nicht getan?

Okay, ich glaube, ich weiß, warum.

Sie halten es nicht für nötig. Sie gehen davon aus, dass ich es sowieso weiß.

Das muss der Grund sein, oder?

Komm schon, sag, dass du meiner Meinung bist.

Sonntag, 30. März
19.30 Uhr

Ich habe auf Poppys Anruf gewartet. Und er kam gerade.

»Oh, Luis, ich habe heute Abend eine tolle Show hingelegt.«

»Ich wusste es.« Sie hatte einen Auftritt im Theater an ihrem Ort – und zwar als Höhepunkt der Show.

Sie sagte: »Kurz bevor ich rausging, habe ich mich wieder an diese grässlichen Kommentare erinnert, aber weißt du, was ich dann gemacht habe?«

»Nein.«

»Ich habe an dich gedacht und musste sofort lachen.«

»Danke ... denke ich.«

»Du solltest unbedingt wieder in Noahs und Lilys Vlog erscheinen. Du bist ein erstklassiger Herzschmerz-Berater.«

»Du vergisst wohl, dass sie jetzt den grinsenden George haben.«

»Aber er eignet sich überhaupt nicht«, rief Poppy. »Na, was kümmert es dich? Du wirst bald ein Filmstar sein.«

»Aber sicher«, tönte ich voller Zuversicht. Bestimmt höre ich morgen von Castel Films.

Montag, 31. März
15.10 Uhr

Mein Englischlehrer hat mich heute nach dem Unterricht kurz zu sich bestellt, um mir zu sagen, dass mein letzter Aufsatz deutlich zeigen würde, wie sehr ich mich verbessert hätte. Kein Grund, in Freudenschreie auszubrechen, denn ich habe nur eine 3+ bekommen. Aber wenn man bedenkt, dass ich normalerweise eine 6– habe, ist das ein kometenhafter Aufstieg.

Stell dir vor, ich habe die Note den ganzen Tag immer wieder verblüfft angestarrt. Wie habe ich das nur geschafft?

15.42 Uhr

Ich verließ gerade das Schulgebäude, als ein Sechstklässler auf mich zugestürmt kam. Er hat noch nie zuvor ein Wort mit mir gewechselt. Aber jetzt stellte er sich vor (Paul), sagte, er sei ein Schauspieler, und zählte alle Rollen auf, die er je gespielt hatte. Danach sagte er, er würde jede Rolle annehmen, egal wie klein, und wäre mir unendlich dankbar, wenn ich der Produktionsfirma von ihm erzählen könnte. Auf Youtube könnten sie sich alle möglichen Sachen von ihm ansehen.

Er klopfte mir mehrere Sekunden lang auf den Rücken, als wäre ich sein bester Freund auf der ganzen Welt, und fragte mich dann, ob ich bald den Regisseur und die anderen Darsteller kennenlernen würde.

Ich sagte, klar, ich würde sie alle in den Osterferien treffen. Könnte ja sein. Alles ist möglich.

19.05 Uhr

Aber daheim überkamen mich grauenhafte Zweifel. Ich bin sicher, Castel Films hätte sich längst melden müssen. Schließlich half nur eins gegen meine Nervosität. Hausaufgaben.

Ich lebe wirklich in sehr seltsamen Zeiten.

Dienstag, 1. April

20.30 Uhr

Nein, immer noch kein Sterbenswort von Castel Films.

Was in aller Welt ist da los? So behandelt man doch keinen zukünftigen Filmstar!

Mittwoch, 2. April
16.20 Uhr

Als ich heimkam, waren Mum und Dad beide fort. Sie schauten eine Schultheateraufführung an, in der Elliot sich vermutlich gerade total blamierte.

Ich bin echt froh. Es ist unheimlich anstrengend, den ganzen Tag in der Schule und zu Hause so tun zu müssen, als wäre ich überglücklich.

Ich fragte mich sogar, ob ich mich selbst bei der Produktionsfirma melden sollte. Ich könnte ihnen eine fröhliche SMS schicken: »Hallo, ich wollte nur mal nachfragen – ich habe die Rolle, für die ich vorgesprochen habe, doch sicher bekommen, oder?«

Nein, nein, nein!

Ich muss subtiler vorgehen.

Maddy weiß bestimmt, wie ich es angehen soll.

Doch sie weilt im fernen Kalifornien und wird von ihrer Mutter gerade zur Schule gefahren. Darum warte ich noch ein paar Minuten. Ich kann dir gar nicht sagen, wie müde ich bin! Wenn du es unbedingt wissen willst (was vermutlich nicht der Fall ist), habe ich in letzter Zeit nicht besonders gut geschlafen.

Ich gönne mir also erst mal einen kleinen Powernap, dann rufe ich Maddy an.

17.05 Uhr

Ich bin sofort eingeschlafen und habe geträumt, ich würde mit Maddy über Skype chatten, bis sie aus dem Bildschirm sprang wie eine Superheldin – was sie ja auch irgendwie ist. »Ich kann dir helfen«, ließ sie mich wissen. »Du musst nur Folgendes tun.«

Ausgerechnet da wurde ich von der Haustürklingel geweckt. Mist!

Wie kann man so rücksichtslos sein? Da will man mal ein bisschen schlafen ...

Ich ging zur Tür und kam zu der Erkenntnis, dass ich anscheinend immer noch träumte.

Denn wer trat da aus dem sonnigen Nachmittag zu mir ins Haus? Maddy.

Maddy ist wieder da!

17.10 Uhr

Ich starrte sie fassungslos an. »Aber es dauert doch noch etliche Tage, bis du ...«

»Ich weiß, aber es hat sich eine Gelegenheit ergeben, dass ich mit Mum zusammen ein bisschen früher kommen konnte. Hier bin ich also. Tut mir leid, dass ich dich so überfalle«, sagte Maddy.

»Was redest du da? Das ist fantastisch. Ich habe gerade erst an dich gedacht, ja, sogar von dir geträumt. Und jetzt stehst du leibhaftig vor mir. Ich kann es kaum glauben.«

Sie war braun gebrannt und hatte einen neuen, kurzen Haarschnitt, der ihr prima stand. Sie trug sogar eine Sonnenbrille um den Hals. Und ich hatte ganz vergessen, wie sehr ihre Augen glänzten. Für einen Augenblick war ich seltsam schüchtern. Dann umarmte ich sie ganz fest.

»Das ist so toll«, sagte ich, aber sie schien das zu bezweifeln. »Ist alles in Ordnung?«, fragte ich sie.

»Nicht wirklich.«

Sie zögerte, dann platzte sie heraus: »Ich habe eine schlechte und eine gute Nachricht für dich. Welche möchtest du zuerst hören?«

»Die schlechte«, antwortete ich, ohne zu zögern. »Bringen wir es hinter uns.«

»In Ordnung«, sagte sie.

Wir gingen in die Küche und ich lächelte nervös. »Du machst so ein ernstes Gesicht. Du wirst mir doch nicht etwas Niederschmetterndes erzählen?«

Sie lachte ebenfalls nervös und sprach dann wieder ganz schnell. »Castel Films hat sich gemeldet. Du hast ihnen meine Visitenkarte gegeben, und darum dachten sie, dass sie sich mit mir in Verbindung setzen müssen. Sie sagten ...« Sie verstummte.

»Heißt das, ich habe die Rolle nicht bekommen?«

Maddys Stimme war kaum noch ein Flüstern. »Nein ... tut mir leid.«

Diese Nachricht war ein so riesiger, seelenzerfetzender Schock, dass ich es kaum ertrug, darüber nachzudenken. Also plapperte ich irgendetwas. »Na, das ist ja blöd, wo ich doch schon meine Rede für die Oscar-Verleihung einstudiert habe. Haben sie einen Grund genannt? War ich vielleicht zu gut aussehend? Das passiert mir ständig. Es heißt, wenn man wie ein Model aussieht, tut man sich ganz schwer, eine Rolle zu ergattern.« Dann jammerte ich: »Aber ich habe sie doch zum Lachen gebracht, Maddy. Sie haben sich schier nicht mehr eingekriegt.«

»Ich weiß, und du hast ihnen auch richtig gut gefallen, aber trotzdem ...«

»Aber trotzdem ...«, echote ich.

»Sie haben die Rolle komplett überarbeitet.«

»Verstehe ...« Dann stieß ich ein lautes Winseln aus, als hätte ich mir gerade in den Finger geschnitten. »Tut mir leid, aber das musste raus«, sagte ich zu Maddy, die jetzt sehr besorgt dreinsah. »Weißt du, ich bin noch nie in meinem Leben so enttäuscht gewesen.«

»Ich weiß«, erwiderte sie. »Mach ruhig so viele seltsame Geräusche, wie du möchtest.«

»Danke, aber ich glaube, ich bin fürs Erste fertig.« Ich ließ mich auf einen Stuhl am Esstisch sinken.

Maddy setzte sich neben mich und drückte fest meine Hand. Für eine Weile sagte keiner von uns ein Wort.

Schließlich brach sie das Schweigen. »Ich wollte es dir nicht am Telefon sagen, darum habe ich gewartet, bis ...«

»Das weiß ich zu schätzen.« Ich sprang auf. »Sie haben die Rolle also umgeschrieben. Das ist in Ordnung, ich kann mich anpassen. Ich kann einen anderen Charakter spielen. Sie müssen mir nur sagen, was sie sich vorstellen, und ich werde in diese Rolle schlüpfen. Kein Problem. Vermutlich muss ich dann noch einmal vorsprechen, oder?«

»Äh ... nun ...«, sagte sie gedehnt.

»Heißt das Nein?«

»Die Sache ist die ... sie haben schon jemanden für die Rolle ausgewählt.«

»Das ging ja schnell.«

Sie wurde rot. »Sie haben sie jemandem angeboten, den du kennst.«

»Echt ...?« Ich dachte eine Weile nach. »Bestimmt ist Noah der Glückliche.«

»Nein ...«

»Sag mir nicht, dass es der grinsende George ist.«

»Es ist nicht der grinsende George. Du wirst es nicht glauben, aber ... sie haben sie meinem anderen Klienten angeboten.«

Ich war so über alle Maßen schockiert, dass mir zunächst die Worte fehlten. »Edgar! Sie haben Edgar meine Rolle angeboten. Aber wieso?«

Maddy senkte den Kopf. »Nun, sie haben beschlossen, dass ein typisch britischer Junge ein Streber sein sollte. Und sie haben gesagt ...«

»Sprich weiter«, forderte ich sie auf.

»Edgar hat so etwas Unschuldiges und zugleich Streberhaftes, das sehr überzeugend wirkt«, sagte sie schnell.

»Ich kann es nicht fassen. Edgar ... Edgar in einem Film.« Dann lachte ich. »Nun, ich freue mich für ihn.«

Maddy stand ebenfalls auf. »Meinst du das ernst, Luis?«

»Ja, ich bin nicht verbittert – okay, eigentlich schon. Aber er wird entweder große Klasse sein oder völlig abkacken.«

»Ich weiß.«

»Wissen die bei Castel Films überhaupt, auf was sie sich da einlassen?« Ich grinste.

Maddy lachte. »Nö.«

»Ich wette, er ist schockiert und aufgeregt zugleich. Was er natürlich nicht zugeben würde.«

»Ich habe es ihm noch gar nicht gesagt«, gestand Maddy.

»Dann richte ihm von mir aus, dass ich mich für ihn freue – oder es zumindest eines Tages tun werde«, verbesserte ich. »Ich schätze, das wäre dann die gute Neuigkeit, die du erwähnt hast.«

»Ja, genau.«

»Du solltest jetzt zu Edgar gehen und ihm Bescheid sagen.«

»Wirklich?«

»Na klar. Immerhin bleibt die Rolle in deiner Agentur«, sagte ich.

»Könnte es sein, dass du jetzt allein sein möchtest?«

Typisch für Maddy, so etwas zu bemerken.

»Nur für ein Weilchen. Und dann muss ich allen die Wahrheit sagen. Das wird ein Spaß!«

»Ich würde damit bis morgen warten«, meinte Maddy.

»Ja?«

»Ja. Morgen Abend solltest du es zuerst deinen Eltern erzählen.«

»Du hast recht«, sagte ich. »So können sie einen Tag länger glauben, ihr Sohn wäre ein Filmstar.«

»Ich gebe nicht auf«, sagte Maddy. »Und du darfst das auch nicht.«

Ich lächelte matt. »In Ordnung.«

»Ich meine es ernst, Luis. Ich werde niemals aufgeben.«

19.40 Uhr

Meine Großeltern kamen gerade vorbei, um mir zu meiner Filmrolle zu gratulieren. Ich spielte ihnen perfekt vor, wie überglücklich ich war. Dann klingelte es. Und an der Tür stand Edgar und wollte mich sprechen.

»Ich bin fuchsteufelswild«, begann er. »Wie können sie es wagen, mir deine –«

»Nicht so laut! Ich habe es noch keinem erzählt.«

»Tut mir leid, aber ich bin völlig außer mir«, sagte Edgar.

»Ich habe gerade mit der Lokalzeitung einen Vertrag unterzeichnet. Ich soll in den nächsten sechs Monaten jede Woche ein neues Gedicht schreiben. Außerdem stelle ich gerade das Material für meinen ersten Lyrikband zusammen. Wie kommen die darauf, dass ich das alles einfach sausen lasse, nur um in irgendeinem zweitklassigen Film –«

»Du willst die Rolle nicht?«, unterbrach ich ihn.

»Natürlich nicht. Ich bin entrüstet, dass sie mich überhaupt gefragt haben. Irgendwie habe ich es geschafft, meine E-Mail an die Produktionsfirma bemerkenswert zurückhaltend zu formulieren. Ich dachte mir, dass du sie gerne sehen würdest.«

Völlig ungläubig las ich:

> *Sehr geehrte Damen und Herren,*
> *danke, dass Sie mir in Ihrem geplanten Film eine Rolle angeboten haben. Das war sicher gut gemeint. Aber wie meine Agentin gewiss bereits klargestellt hat, bin ich viel zu beschäftigt, um das Angebot zu erwägen. Ich bin nicht nur ein fleißiger Schüler, sondern auch ein Dichter, und als solcher genieße ich eine stetig wachsende Popularität. Ich empfehle Ihnen, die Rolle meinem Freund Luis zu geben.*

»Ich habe ›Freund‹ geschrieben«, sagte Edgar, »weil ich dachte, dass mein Vorschlag dadurch mehr Gewicht bekäme.«

Ich nickte und las weiter.

Er hat eine echte Begabung für diesen oberflächlichen Unsinn. Darum empfehle ich, dass Sie sich schnellstmöglich mit ihm in Verbindung setzen.
Mit den allerbesten Grüßen

Edgar

Ich schüttelte den Kopf. »Bist du sicher, dass du nicht in einem Film mitspielen möchtest? Ich meine, eine solche Chance ...«

»Völlig sicher«, unterbrach mich Edgar.

»Du machst das nicht nur aus Loyalität zu mir?«

»Keineswegs«, versicherte Edgar.

»Gut, denn sie haben die Rolle umgeschrieben und werden sie bestimmt nicht mir anbieten.«

»Dann begehen sie einen Riesenfehler. Dieser Blödsinn passt perfekt zu dir.«

Ich musste plötzlich grinsen. »Danke, Edgar, das weiß ich zu schätzen. Ach, übrigens«, fuhr ich fort, »wäre es okay, wenn ich demnächst mal vorbeischauen und mir deine Steinsammlung ansehen würde?«

»Selbstverständlich.« Edgar wirkte überrascht, aber erfreut. »Wenn du möchtest, zeige ich dir, wie ich meine Steine jetzt mit einem Farbcodierungssystem sortiert habe«, ergänzte er frohlockend.

»Das möchte ich sehr gerne.«

Edgar lächelte mich etwas peinlich berührt an. »Ausgezeichnet ... komm einfach vorbei, wenn du Lust und Zeit hast, Luis, ich bin immer da.«

Donnerstag, 3. April
19.05 Uhr

Ich kann es nicht länger hinauszögern. Es ist so weit. Diesmal werde ich gar nicht erst versuchen, meinen Eltern etwas vorzumachen. Das funktioniert sowieso nie richtig. Stattdessen werde ich eine völlig andere Taktik anwenden.

Ich werde ihnen die grauenvolle Wahrheit beichten.

In meinem ganzen Leben habe ich mich noch nie so gefürchtet.

Den ganzen Tag hing die Neuigkeit von Castel Films über mir wie mein persönlicher dunkler Schatten. Ich dachte, meine Eltern hätten vielleicht bemerkt, dass ich nicht so glücklich war, wie ich tat. Aber sie waren völlig ahnungslos. Ich bin nun mal ein begnadeter Schauspieler.

Aufruhr im Internet

19.58 Uhr

Ich marschierte ins Wohnzimmer, wo Mum und Dad mich erwarteten (ich hatte sie gefragt, ob ich ihnen etwas sagen könnte). Leider war Elliot auch da.

Meine armen Eltern sahen so aufgeregt aus.

»Ich möchte euch mitteilen, dass die Produktionsgesellschaft sich gemeldet hat«, fing ich an.

»He, mach's nicht so spannend und hör auf anzugeben«, sagte Elliot. Da konnte ich nur bitter auflachen.

In dem Moment klingelte es an der Haustür.

Elliot stöhnte. Dad ging öffnen und kam mit einer atemlosen Maddy wieder hereingestürmt.

»Maddy!«, rief Mum aus. »Haben die Osterferien bei euch etwa schon begonnen?«

»Äh, ja«, antwortete Maddy geistesabwesend.

»Dann willkommen zurück«, begrüßten Mum und Dad sie gleichzeitig.

»Danke«, sagte Maddy noch geistesabwesender und wandte sich an mich. »Ich komme doch nicht etwa zu spät ... oder hast du es ihnen schon gesagt?«

»Nein, ich wollte gerade damit anfangen«, erwiderte ich.

»Okay, das übernehme ich.«

»Schon in Ordnung, Maddy.« Es war typisch für sie, mir helfen zu wollen. Aber diesmal wollte ich ihre Hilfe nicht. »Ich schaffe das alleine.«

»Nein, Luis, das übernehme ich.« Wenn sie will, kann Maddy unheimlich ehrfurchtgebietend und einschüchternd auftreten. Und genau das tat sie gerade. »Ich bin deine Agentin«, ergänzte sie. Mit hinreißendem Lächeln sagte sie zu meinen Eltern: »Wie Sie wissen, war es Luis leider untersagt worden, im Vlog von Noah und Lily aufzutreten.«

Mum und Dad rutschten unangenehm berührt auf ihren Sitzen hin und her, während ich mich fragte, wieso Maddy ihnen das ausgerechnet jetzt aufs Brot schmierte. »Aber was Sie nicht wissen – und was auch Luis nicht weiß, weil ich es heute erst erfahren habe –, fordern die Fans von Noah und Lily, dass Luis zurückkehrt. Ich habe hier einige ihrer Kommentare ausgedruckt.«

Dann verteilte sie mit geübten Bewegungen seitenweise Ausdrucke, als würde sie bei einer Sitzung die Tagesordnung herumreichen. Mum und Dad begannen, sie laut und mit hohen, verwirrten Stimmen vorzulesen:

»Ich liebe es, wie Luis mit den Leuten lacht, aber nie über sie. Er muss sofort wiederkommen.«

»Ich möchte in Luis' Welt sein. Er macht mich fröhlich.«

»Ich vermisse Luis' ansteckende Begeisterung und seinen ungezwungenen Humor.«

»Luis ist mein Freund und er fehlt mir total. Wann kommt er wieder zurück?«

Schließlich hörten sie auf vorzulesen und sahen mich an.

»Und das sind nur einige wenige von vielen«, sagte Mum. Sie klang erstaunt. Ich war es ebenfalls.

Maddy erklärte: »Jetzt gibt es sogar eine Online-Petition, die deine Rückkehr fordert.«

»Du machst Witze ...«, entfuhr es mir.

»Und die ist bereits viral geworden«, fuhr Maddy triumphierend fort.

Mum schüttelte ungläubig den Kopf.

»Heute hatte ich eine lange Unterhaltung mit Noah und Lily«, berichtete Maddy. »Sie sagen, dass der grinsende George nicht mehr dabei ist. Nach einer Woche musste er schon wieder aufhören.«

»Er war wohl noch nerviger als du«, meinte Elliot.

»Die beiden haben es mit anderen Freunden aus der YouTuber-Gemeinde versucht, aber niemand konnte dich ersetzen, Luis. Dabei waren es total angesagte Vlogger.«

»Ich weiß«, sagte ich leise.

Maddy hob leicht die Stimme. »Noah und Lily tut es übrigens sehr leid, dass sie sich nie bei dir gemeldet haben. Aber sie haben mir erklärt, dass man unheimlich aufpassen muss, was man tut, wenn man in der Öffentlichkeit steht. Aber die Wahrheit ist, dass deine Mum und dein Dad ihnen jeglichen Umgang mit dir verboten haben.«

»Ich wünschte, mir würden sie den auch verbieten«, murmelte Elliot, während Mum und Dad noch unruhiger hin und her rutschten.

Jetzt lächelte Maddy mich an. »Aber Noah und Lily sind unheimlich scharf darauf, dass du wieder bei ihnen mitmachst.«

Mein Lächeln wurde immer breiter. Doch dann hielt ich inne und sah meine Eltern an und auch Maddys Blick haftete jetzt auf ihnen.

»Manchmal trifft man aus den richtigen Gründen eine falsche Entscheidung«, sinnierte Dad.

Das klang vielversprechend.

»Nach deinem Elternabend«, fuhr Dad fort, »haben wir uns Sorgen gemacht, dass wir nicht das Beste für dich tun. Natürlich wissen wir, dass Comedy und Schauspielerei deine Begabungen sind, Luis. Aber wir wollten unbedingt, dass du auch andere Talente entdeckst. Wir dachten, das wären wir dir schuldig. Es war sozusagen Teil unserer Jobbeschreibung. Aber wahrscheinlich hätten wir dir nicht verbieten sollen, in diesem Vlog aufzutreten.«

»Wow!«, rief Elliot. »Ihr gebt zu, dass ihr etwas falsch gemacht habt! Das tun Eltern doch nie.«

»Tja, diese Eltern tun es jetzt«, ergänzte Mum. »Wir haben uns zu sehr auf das konzentriert, was *uns* wichtig erschien. Nur weil Vlogs nicht Teil unserer Welt sind. Nun, jetzt ist wohl der richtige Augenblick gekommen, das Verbot aufzuheben.«

»Du darfst also zu deinen Fans zurückkehren, die auf dich warten, Luis.« Dad lächelte. »Ich möchte allerdings darauf hinweisen, dass du mit dem Vlog und der Filmrolle sehr viel zu tun haben wirst.«

»Das stimmt«, sagte Maddy. »Darum habe ich die Rolle für Luis abgesagt. Sie war sowieso nur klein und hätte trotzdem enorm viel Zeit in Anspruch genommen. Und in Zukunft würde Luis nicht nur ein paar Minuten lang in den Vlog-Videos zu sehen sein ...«

»Du hast die Filmrolle abgesagt?«, keuchte Dad.

»Ja«, sagte Maddy furchtlos. »Als seine Agentin darf ich das.«

Ich verstand genau, was Maddy machte. Sie rettete meinen Ruf. Durch die guten Neuigkeiten Noah und Lily betreffend konnte sie damit durchkommen. Meine Familie würde nie die schreckliche Wahrheit erfahren.

Aber ich konnte nicht zulassen, dass sie das allein auf sich nahm, weil Mum, Dad und Elliot sie so wütend anfunkelten.

»Das darfst du auf keinen Fall, Maddy«, sagte Mum mit gepresster, wütender Stimme. »Du musst so etwas vorher mit uns absprechen.«

»Zu spät«, antwortete Maddy leichthin.

Was für eine Agentin! Was für eine Freundin! Doch ich musste einschreiten. »Maddy versucht nur, mich zu beschützen. In Wirklichkeit hat die Produktionsfirma in einer katastrophalen Fehleinschätzung beschlossen, mir die Rolle gar nicht zu geben.«

»Was!«, riefen Mum und Dad völlig verstört.

»Tut mir leid, ich wollte euch nicht anschwindeln«, sagte ich. »Ich dachte wirklich, ich hätte die Rolle so gut wie sicher, aber anscheinend hatte ich mich geirrt.«

»Sie hatten die Rolle nämlich komplett umgeschrieben«, erklärte Maddy.

»Und statt mir haben sie die Rolle dieser Naturgewalt namens Edgar angeboten«, gab ich zu.

»Edgar«, stammelte Mum. »Unser Edgar.«

»Genau der. Allerdings hat er die Rolle abgelehnt.«

»Dann nehme ich sie«, meldete sich Elliot zu Wort. »Ich habe inzwischen an der Schule schon in fünf Stücken mitgespielt.«

»Aber mehr schlecht als recht«, sagte ich.

»Seit wann weißt du das?«, fragte Mum.

»Seit gestern. Ich habe auf den richtigen Augenblick gewartet, um es euch zu sagen.«

Nach einem Augenblick des Schweigens meinte Dad schließlich: »Ach, wisst ihr was, Filmrollen sind gar keine so große Sache. In einem Vlog mitzumachen, ist hingegen etwas ganz Besonderes.«

»Und dann auch noch jede Woche«, rief Mum. »Ich kann es kaum erwarten, das meinen Kollegen bei der Arbeit zu erzählen. Deren Kinder sind alle total verrückt nach den YouTubern, wie man sie glaube ich nennt.«

»Und der Film wird vermutlich sowieso ein Flop«, fand Elliot.

Ja, meine Familie kann unheimlich nerven – aber es gibt hin und wieder Momente, wo sie alle zusammenhalten. Dann kenne ich keinen Ort auf der Welt, an dem ich lieber sein möchte.

Die beste Neuigkeit von allen

20.11 Uhr

Ein paar Minuten später erhob sich Maddy. »Ich muss dann mal weiterziehen.«

»Wo wohnst du eigentlich gerade, Maddy?«, fragte Mum.

Komisch, ich war noch gar nicht auf die Idee gekommen, ihr diese Frage zu stellen.

»In unserem alten Haus«, antwortete Maddy so beiläufig, dass ich es nicht sofort kapierte.

Doch dann traf es mich wie ein Blitz und in meinem Kopf begann es zu schwirren. »Aber ... wie ist es möglich, dass du wieder dort wohnen kannst?«

Alle starrten Maddy an, doch die sagte nur leichthin: »In Amerika hatte ich entsetzliches Heimweh und Mum ebenfalls. Aber am schlimmsten ging es Dad, wie sich herausstellte. Er vermisste unser ganzes Leben in England von uns allen am meisten. Also ...« Sie machte eine Pause.

»Jetzt sag schon«, flehte ich.

»Also hat er überlegt, ob er nicht für eine Weile wieder hierher wechseln soll. Darum ging es in den ganzen Familiengesprächen in den letzten Wochen. Aber ich wollte dir nichts darüber sagen, falls es nicht klappen sollte. Doch nun hat er sich endgültig entschieden ...«

»Jaaaaa!«, jubelte ich.

»Da unser Haus noch nicht vermietet worden war, können wir wieder einziehen. Mum ist mit mir zusammen hergeflogen. Dad ist noch in den USA, weil er dort ...«

Aber ich hörte ihr schon gar nicht mehr zu. Denn der wichtigste Teil war: *MADDY BLEIBT FÜR IMMER HIER.*

Ich muss es noch einmal schreiben – in Riesenbuchstaben: *MADDY BLEIBT FÜR IMMER HIER.*

An der Haustür sagte ich zu ihr: »Das war also die gute Neuigkeit, die du mir gestern erzählen wolltest, stimmt's? Nicht, dass Edgar meine Rolle angeboten bekommen hat.«

Sie nickte. »Aber du warst so niedergeschlagen wegen des Films, dass ich dachte, nichts könnte dich wieder aufmuntern. Also beschloss ich auf eine passendere Gelegenheit zu warten.«

Ich schüttelte ungläubig den Kopf. »Maddy, manchmal bist du völlig verrückt. Das ist die einzige Erklärung. Verstehst du denn nicht, dass deine Rückkehr zwanzig entgangene Filmrollen wiedergutmachen würde? Jetzt kann mich nichts mehr erschrecken, auch nicht, dass ich morgen der ganzen Schule beichten muss, dass ich doch nicht im Kino zu sehen sein werde. Das mache ich mit links, jetzt, wo du wieder –«

»Sei bloß still«, fuhr Maddy dazwischen. »Sonst bringst du mich noch zum Weinen.«

20.20 Uhr

Meine Eltern haben angekündigt, dass wir es uns morgen Abend einfach gemütlich machen und ein entspanntes Familienessen genießen werden. Danach dürfen Elliot und ich bestimmen, welchen Film wir uns ansehen.

Ja, sie waren wieder die absoluten Traumeltern.

Darum dachte ich, jetzt könnte ich ihnen endlich erzählen, dass ich eine 3+ in Englisch bekommen habe, auf die ich ein klein wenig stolz war. Natürlich wollten sie den Aufsatz sehen. Sie starrten die ungewohnte Note genauso lange an wie ich.

Dann fragte Mum leise: »Und das hat nicht Edgar für dich geschrieben?«

»Mum, Edgar hätte mindestens eine 1+ bekommen. Das ist alles auf meinem eigenen Mist gewachsen.«

Mit einem Mal leuchtete Mums Gesicht auf. »Jetzt verstehst du, worum es uns gegangen ist, Luis. Wir wollten sicherstellen, dass du dich in der Schule nicht aufgibst und dass du dich ein bisschen mehr anstrengst, denn dann könntest du es auch in vielen anderen Fächern auf eine 3+ bringen.«

»Vielleicht sogar auf eine 2«, trumpfte Dad auf.

»Wenn nicht sogar eine –«

»Sprich es nicht einmal aus«, quiekte ich.

Oh nein. Was habe ich getan?

21.50 Uhr

Maddy hat angerufen. Sie hatte eine sehr seltsame Bitte. Sie wollte gerne mit mir einen Spaziergang machen. Normalerweise könnte ich mir nichts Langweiligeres vorstellen. Meine Verwandtschaft unternimmt am Nachmittag des ersten

Weihnachtsfeiertags immer einen Spaziergang, und ich versuche jedes Mal, mich davor zu drücken.

Aber heute Abend sagte ich: »Weißt du was, das würde ich gerne machen.«

Kein einziger Stern leuchtete am Himmel und wir spazierten durch das ödeste Dorf des Universums und es war einfach nur großartig.

Und wir haben dabei über alles gesprochen. Schließlich sagte Maddy: »Dass du in Noahs und Lilys Vlog zurückkehrst, ist nur der Anfang, Luis. Es liegen noch viele wahnsinnig aufregende Dinge vor uns. Ich kann es einfach spüren.«

Weißt du was? Ich auch. Und ich würde dir zu gerne erzählen, was als Nächstes passiert. Aber das Tagebuch ist voll.

Deshalb verbeuge ich mich jetzt ganz tief und danke dir für ... nun, dafür, dass du mein bestes Publikum warst.

Es fällt mir darum echt schwer, mich zu verabschieden.

Immer schön weiterlächeln!

Dein Freund,

Luis, die Lachnummer

Pete Johnson wurde 1965 in Winchester/England geboren. Als er acht Jahre alt war, schrieb er einen Brief an die Schriftstellerin Dodie Smith (»101 Dalmatiner«), die er sehr bewunderte. Diese Brieffreundschaft dauerte zwanzig Jahre an, und Dodie Smith forderte Pete schließlich auf, selbst Bücher zu schreiben. Nach dem Studium an der Birmingham University arbeitete Pete Johnson jedoch zunächst als Filmkritiker für Zeitungen und beim Radio und wurde dann Lehrer für Englisch, Drama und Medienkunde. Als er guten und mitreißenden Lesestoff für seine Klasse suchte und nichts finden konnte, was den Alltag seiner Schüler widerspiegelte, beschloss er, selbst Bücher zu schreiben. Mittlerweile ist Pete Johnson einer der bekanntesten und beliebtesten Autoren Großbritanniens und wurde für seine Kinder- und Jugendbücher mit zahlreichen Preisen ausgezeichnet.

Mehr über den Autor erfahrt ihr unter:
www.petejohnsonauthor.com